U0075986

天下篇，逍遙遊
七星劍，葫蘆酒
你就這樣長身去了江湖
自天涯滄桑風塵回來的你
大鐘鳴鼓，琴瑟竽笙
高台厚榭，邃野之居
或人何在？或人何在？
你又帶書攜酒配劍
從眼前到天涯，一路過去

落花也有溫柔的遠志
像人走向水涯
而裘褐為衣，棺桐三寸
張目奸逼切如大火逼你躍牆
身臨絕澗如閉目飛躍
而這一躍往何處去呢
流水也有悲壯的柔情

——摘自溫瑞安《山河錄》之華年

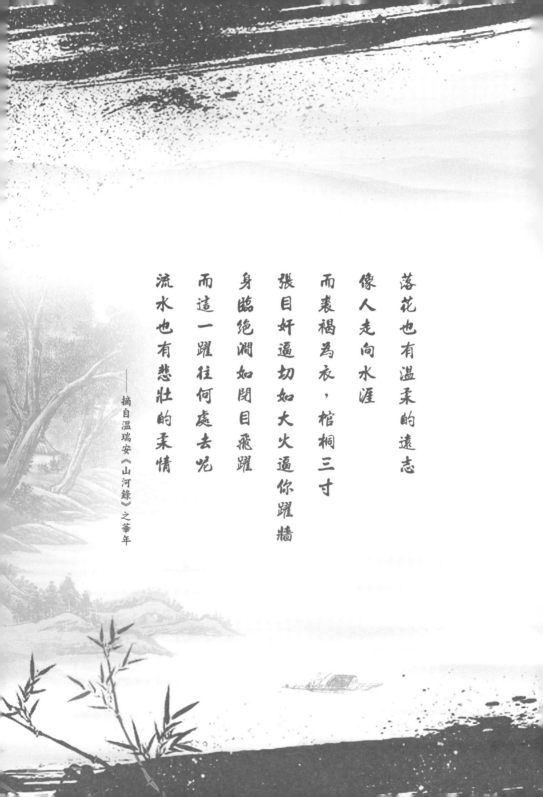

武俠經典新版
朝天一棍
說英雄·誰是英雄系列
大結局
4
溫瑞安 著

說英雄誰是英雄系列

朝天一棍

第四冊

目錄

六　石頭人語……001
七　六龍三姑……011
八　狗屎．垃圾．禪……022

第十六章　**紅爐上一點雪**

一　自私、寫詩還是大公無私的大師？……030
二　吃花狂僧……039
三　寒時寒殺闍黎熱時熱殺闍黎……047
四　取之於大地，用之於人……057
五　明頭來明頭打暗頭來暗頭打……066
六　滅卻心頭火自涼……077

七　天行健……088

第十七章　認眞棧
一　那年，那時，那兒……095
二　山雨欲來豬滿樓……104
三　沒有會賺錢的傻瓜……112
四　逃花……121

第十八章　殺死你的溫柔
一　桃花……129
二　桃花運……137
三　一樹桃花千朵紅……148

第十九章　不如溫柔同眠
一　桃……158
二　桃花癮……168
三　逃……176
四　桃花劫……184

第廿章　我是你的溫柔
一　此時，此地，此情……194
二　挑……201
三　去年今日此門中……209
第廿一章　她是她自己的溫柔
一　人面桃花相映紅……221
二　人面不知何處去……230
三　月黑風高殺人夜……237
第廿二章　她是你的溫柔
一　一拳天下響……249
二　朝天喝問……260
三　桃花依舊笑春風……276

六　石頭人語

六龍寺的圍牆外十數丈遠，有一座外觀九層內實有十七層的高塔：

泰感動、郝陰功、吳開心、白高興四人，還有葉神油，就在第七層塔內，居高臨下，觀察寺院裡王小石等的一舉一動。

他們先看見溫柔「賞」了王小石一記耳光。

他們爲之吃了一驚：

他們猜估不出理由。

他們只能看得到，卻聽不到對方正在說什麼。

——除了那記耳光。

響亮而清脆的耳光。

他們吃驚的理由是：

——溫柔竟能打得著王小石!?

如此說來，溫柔的武功豈非比王小石更高？

如是，那麼，先行對付溫柔的提案，就必須取消了。

可是他們驚中可也有喜：

——因爲如果不是溫柔的武功太高、出手太快，那麼，剩下的原由只有一個：

王小石很注重溫柔。

——注重得使他任由溫柔摑打。

如是，那麼先行挾持溫柔，就是個再明智不過的選擇了。

所以他們都緊密的觀察寺院裡的動靜。

緊接著，驟變遽然來！

「雪人」偷襲溫柔。

方恨少扯走溫柔。

何小河、梁阿牛突現身攻向二「雪人」。

蓮池中的白衣公子突現偷襲梁、何。

王小石截擊白蓮花般的公子。

院裡忽有一纖小之人影卻以凌厲的劍氣攻向王小石。

王小石接下了那一道「氣劍」——

——中斷——

因爲突然間，一物飛打而至，直從寺院、衝破圍牆、打上七層塔來，迎面向吳開心打到。

這下突如其來。

吳開心反應算快，大叫一聲，仰首跌身，「呼」的一聲，那物險險自他面門掠了過去，擦傷了他的鼻頭，卻打向他背後的郝陰功。

郝陰功百忙中一掌拍去，與那物抵個正著，啪的一聲，那物碎裂成數十塊，疾迸噴射向泰感動和白高興，還有葉神油。

郝陰功雖然一掌擋開來物，但只覺右掌像給斬了一劍一樣的痛。

痛得他忙細看自己的手還在不在：

他以為是已給人一劍斫了下來。

他不好過，他的同黨也不好過。

碎片很多，有大的，也有小的。

大塊的射向白高興。

白高興比較幸運。

他乍見吳開心閃躲，已有警惕；再見郝陰功遇險，更生防禦。

故而，白高興及時雙手一拍，夾住了數大塊碎片。

一塊也沒有遺漏。

那是磚石。

——他馬上就感覺得出來了。

沒有人能比他更清晰的感覺到：

因爲他不但挾住了磚石，而且這幾塊磚石碎片還全嵌入他手掌裡。

泰感動的情形也決不比他好。

磚石的碎片多飛向他。

他因見郝陰功、吳開心先後失利，所以已早一步拔出他的兵器。

他的武器是刀。

一把柔刀。

——刀形就像竹葉。

他的刀有個名字，在武林中也很響亮：

——竺柔刀。

他的刀柔、而且軟，所以特別快。

他在剎那間出了十三刀。

十三刀刀刀不落空。

刀刀都命中。

每一刀都斫下一塊磚石碎片。

可是，碎磚不止十三片。

總共十五片。

有兩片他仍不及斫落。

那兩塊未給斫落的碎片在那裡？

——就嵌入他的身上。

左臂和右腿。

——磚石打入肉中，要比中箭還疼。

他一生中也曾揣想過：中刀、著箭、吃了一劍的痛楚——但卻從未想過有天居然要吃磚石的苦！

這一塊小小的磚頭，一下子，擦破了吳開心的鼻端，震痛了郝陰功的右腕，嵌入了白高興的雙掌，切入了泰感動的肌裡。

那一塊平凡至極的磚石，一下子，竟在他們的生命裡如此親切，彷似在生死契闊間打了個親切得痛入心脾的招呼，好讓四人一生一世都忘不了這塊與他們有肌膚之親的磚頭！

——那是塊什麼樣的磚頭!?

◇◇◇

他們幾乎都不約而同的記起了一件事：

一個人！

——那磚頭碎片不止打向他們四人，還有一個人：

葉神油！

所以他們也不約而同的望向葉雲滅！

◇◇◇

葉神油負手站在那兒。

氣勢很盛。

樣子也很火爆。

但卻很定。

——彷彿什麼事也沒發生過在他身上。

迸濺向他的磚石，有大有小，至少十來片，去了那兒？怎麼直如石沉大海？

◇◇◇

葉神油啞聲道：「就憑你們，要對付王小石，還差遠了呢！」

他雙手一垂，誇拉拉連響，碎磚都自他袖子裡全落到地上。

——不知何時，那十八塊碎磚全給他雙袖收下了。

一塊不剩。

「他知道我們在這兒。」葉神油望著窗外，透露著十分殺氣兩分不甘的說，「他用他的石頭說了話，也對我們作了警告。」

這時，六龍寺那兒，打鬥也告一段落，王小石正與方應看對話。

然而，王小石無疑也向他們發了話。

他的話是用一塊磚頭來說。

他就是藉雷媚那一記「劍氣」，以「移花接木神功」轉擊於磚牆上，直飛過來，以一磚連打五人。

——就只葉神油並未掛彩。

全皆傷。

當時，王小石卻正在對敵中。

——而且還大敵當前，強仇寰伺。

他卻仍然說出了他的話，對遠在明孝塔的「窺視者」作出了警告，在大家都以爲他最凶險的時候，他居然還有餘裕去打擊更遠的敵人！

郝陰功、白高興、吳開心、泰感動這時才曉得心頭沉重：

——他們這時才明白過來王小石是多可怕的敵人。

所以他們只好忍受。

忍受葉神油的冷笑。

——冷笑通常不是真笑，而是諷刺、輕蔑或瞧不起。

就算是笑，也只是嘲笑。

葉神油當然嘲笑得起他們。

可是，他們四人大概誰也沒注意到：

葉神油的右腰衣衫破了一處。

——那是一道寸來長的口子，翻掀出來的部位，還帶點血。

沾著一點點的血。

葉神油仍負手望著窗外，指拳捏得特登拍勒的響。

他仍俯視著寺院裡的一動一靜。

他在忍痛?還是在忍耐?有隱憂?抑或有所隱瞞?

七　六龍三姑

就在一眾人在寺院韋馱金剛像旁、蓮花池畔跟來襲者對敵之際，羅白乃這「徒師」兩人，到底在那裡呢？

原來羅白乃正在跟六龍寺裡的高僧三枯說禪傾偈。

三枯是當地有名的禪僧，道行高深，智能天縱，被譽為：掬水月在手，弄花香滿衣的名僧。

聽說他本來連名號都沒有，他初入六龍寺掛單時，人問他從何處而來？他不立答，只看著院前花草，說：

「花草就要枯了。」

當時主持六容大師聽了，特別出來迎接他，跟他談佛論經，不半晌，便十分推崇服膺，又請教他的名號，他只說：

「海枯石爛，何須名號。」

當場接待的還有一位名人，正是洛陽溫晚。溫晚馬上接問了一句佛偈：

「生死事大，光陰知矢，無常迅速，時不待人，既然如此，行方便門，黑晝白夜，各有其秩，父子夫妻，應有其序，四方八面，皆有其位，萬物有情，各有其名，花鳥蟲魚，飛禽走獸，無不例外，汝何獨無？」

大師卻低眉合什，只說：「你趕時間，我不趕。我心悠悠，油盡燈枯。」

溫晚馬上豁然頓悟。

——許多人在禪門參了幾十年，還是得不到一點訊息，換不來一個悟。可是時機一到，所謂啐啄同時，即是小雞正孵化而出，母雞正好啄破蛋殼，就會得來全不費功夫。這正是佛門心法相傳的難得之處。

由於他一入「六龍」，就說了三次「枯」，人就稱他爲「三枯」大師。

三枯最勝點化人。

使人啓悟。

他在這兒一帶很有名。

他也曾離開過六龍寺，雲遊四海，回來後更享有盛名。

——或許，早在他入「六龍寺」以前，他就很有名吧？

只不過，他對過去的事，隻字不提，誰也不知道他的來歷。

羅白乃原來也不知道這位三枯大師是很沉默、寡言、木訥的人。

他一向以為世上的「大師」，平常要唸很多經，對人常常嘮嘮叨叨，而向人教誨難免有一匣子說不完的嚕囌。

但事實卻不然。

三枯往往沒有話說。

總是一言不發。

他好像根本就不愛教人，不愛說話。

他在高興說話的時候才說話。

非要他說話不可的時候，有時，他只嘆了一聲，或瞪人一眼，揚眉瞬目，咳嗽一聲，便算是說過話了。

——雖然，大多數的人都不知道他說了什麼話？說的是什麼話？

羅白乃當然也不明白。

但覺得很好玩。

他本身就是個很好玩的人。

他對不明白的事覺得特別好玩。

所以就在眾俠於菩提樹下、蓮池邊抗敵之際，他卻去逗這大師說話。

◇

他很喜歡找大師說話，但不見得大師也很喜歡跟他說話。

有一次，他見廟裡來了許多香客，熙熙攘攘的來拜佛上香，寺裡僧眾都忙著打點，卻見大師在菩提樹下木然端坐，完全沒有反應，連一個小孩在他身邊撲地摔了一跤，哇然大哭，大師也無動靜。

羅白乃便上前扶起了小童，哄住了他，直至其母親把他接走，大師仍趺坐不動。

羅白乃便問：「大師病了？」

大師答：「沒有。」

羅白乃：「大師睡了？」

大師：「打坐。」

白乃：「大師沒有看到有人摔跤麼？」

大師：「人生在世，誰沒摔過跤？跌倒了自會爬起來。」

羅：「大師沒看見今天香客特別多麼？」

三枯：「沒。」

羅：「那大師看見什麼？」

枯：「老衲只見來的只有兩個人。」

羅：「那兩位？」

枯：「一曰名，一曰利。他們燒香拜佛，都不過是爲了這個。」

羅白乃想了想，很狐疑：「怎麼熟口熟面，好像是那個前人說過？」

三枯：「……」

羅白乃：「我覺得你說少了，也看少了。」

枯：「少了什麼？」

羅：「我看到四個：一個名，一個利，還有一個權、一個勢。」

「……」

羅：「不，還有……還有一個，是祿，啊，再來一個，叫做什麼哇？哦？是欲……」

羅白乃遂而教訓起三枯大師來：「你把事情說少了，也說得太簡單了。」

三枯爲之氣結，不再理睬羅白乃。
偏是羅白乃要走開之前，還「點化」了三枯一句：
「有人在你面前跌跤你不去扶，萬一摔死了人怎麼辦？連人都救不了，自己則像塊木頭，那還算什麼佛？參禪有何用？」
末了，他還涎著笑臉，問大師：
「我說得對不對呀？大師？」

◇◇◇

開始的時候，三枯大師不理會這半瘋半癲的少年人。
可是大師不理他，他可理會大師。
別人問他爲何老喜歡找大師的晦氣，他笑嘻嘻的說：
「沒有嘛，我是真心的向大師討教的。」
連他師父班師也這麼問他時，他才認真的答：
「我覺得跟大師有緣。」
「那麼有緣，」班師聽了就很不悅的說，「你又不拜他爲師？」

豈料羅白乃的頭馬上搖得像博浪鼓一樣：「那不同。你跟他不一樣的。」

「什麼不一樣？」

「我跟大師的緣法是：我跟他確是學會了不少道理，」羅白乃搖首擺腦的說，「可他在我這兒也學了不少事理。我們倆是互惠、交換、相益的。——」

班師聽了就很高興：「還是我教你比較多；我學識淵博、武功高強嘛。」

「非也。」徒弟認真八百的說：「你幸運些。」

「我幸運？」班師不明，「我要是幸運還會收你這種徒弟？」

「你當然幸運了，你只是身在福中不知福罷了。」羅白乃說，「我教你的，遠比你教我的多呢！」

班師氣得嘴都歪了。

眼都開始翻白了。

他徒弟還十分感慨的加了一句：「實在多出太多了……搞不好，我還得教你怎樣追求心上人，教導你怎麼談戀愛呢！」

「你……你！」班師這回氣得連鼻子都曲了，「你教我……談情說愛!?」

「對！」羅白乃湊近班師身邊，鬼鬼詭詭的說，「你別告訴我說你從未動過春心，從沒打算過爲我找個師母！」

班師想打他。

羅白乃忽長身直視其師，叫他師父：「你看著我。」

班師打到一半，只好收招。

「我爲什麼要看著你？」

羅白乃大義凜然、光明磊落的說，「你看我的眼。要是你真的從來想也沒想過這回事和那回事，你就看著我眼睛。」

班師才不看他。

但也不打他了。

只氣得拂袖而去。

羅白乃吐了吐舌頭，喃喃自語道：「烏雞白鳳丸！大概這回真說對了……看來，我該好好的爲師父的終身大事著想了。」

◇◇◇

三枯大師不理睬他，理由是絕對充足的。

他有次居然替這名僧三枯改號。

那是一次眾僧會聚之際，大家想替「明孝塔」、「六龍寺」改一個名字，因叫「明孝」、「六龍」的塔寺著實太多了，不夠突出獨特。至少，也該把六龍「塔」還是「寺」，明孝「寺」抑或是「塔」，早些定下名來。

三枯大師卻力排眾議，認爲不必正名。

大家都問他爲什麼。

他說：「真正的佛法，是百姓日用不相知，初發心時便成正覺。何必正名乎？迴然獨脫，不與物拘。」

眾都以爲然，紛紛說三枯佛法高深。

偏是旁聽座的羅白乃突然發話：

「六龍、明孝塔寺不必定名，我很贊成，但大師卻該改個名字。」

眾都好奇，皆問要替三枯改什麼名號？

「三姑，」羅白乃得意洋洋的說，「改名三姑，如此正好。」

眾僧紛紛叱喝之，羅白乃這回倒是真的犯了眾憎。

但他得意如故。

他還說出了堂而皇之的理由：

「大師叫三枯，本意是：石爛海枯、油盡燈枯、人走心枯，我叫他三姑，更加切合，因爲他見人跌跤而不扶，見惡人當道而不除，見人不悟而不點化，不是姑念、姑息、姑妄是什麼？何況，烏雞白鳳丸的大師樣兒好，傻貌得很，像姑多於像佬哩！」

大家都罵這不識佛理、未入佛門的渾小子怎麼胡言妄語，連三枯也臉露忿然之相。

羅白乃瞠目指著大師反詰：

「他不是教人勿太注重虛名嗎？他一向不是說名如衣飾，脫下便了嗎？怎麼一說他，都炸醬了臉？」

這回連六容大師都要下令逐走他了。

卻是三枯大師開聲說了話：

「也罷。反正都是名相，叫什麼便是什麼，叫什麼也不見得就是什麼。」

六容不解，合什問：「大師之意是——？」

三枯臉上居然擠出了點笑意，他用手一指一隻正在春陽下曬肚皮的狗，說：

「你叫牠是貓，牠仍不是貓。你不叫牠狗，牠還是狗。但牠自己和同類可能不叫狗，叫人，叫我們才是狗。我們給人喚作狗，如果是人，卻還是人。」

不管聽得懂聽不懂，眾僧都合什唸：

「阿彌陀佛。」

佛是唸了，只是日後六龍寺裡的「三枯大師」真給人喚作：三姑大師了。

八 狗屎・垃圾・禪

「三姑」不愛理睬羅白乃，可是羅白乃老愛找「三姑」。
當大夥正在韋馱像前、池畔樹下禦敵之際，唐七味正在禪房裡看顧唐寶牛之時，羅白乃百般無聊，便又去逗三姑大師談禪說佛。
三姑大師逕自坐在石階上，用一枯枝，在地上漫畫著幾筆。
羅白乃湊近去，幾乎將耳朵貼地地自下而上，這才望見三姑大師的臉。
但三姑仍不睬他。
不理他。
也不看他。
羅白乃逗了他老半天，都沒反應，心裡不是滋味，就說：
「你再這樣木眉石臉的，就得要改個名字了。」
三姑大師只翻了翻眼，可一個字都沒說。
他師父卻忍不住問：「又要改？這回叫什麼？」
羅白乃說：「三哭大師。」

他哈哈笑道：「誰教他一天到晚，老是哭喪著臉！」

三姑不理，只在地上畫了幾行豎的、幾行橫的。

羅白乃這順水推舟把話題轉移了：「我可會測字的，我替你看看……」

他歪了頭，看了半天，就像悟了道的嚷：「哦，對了，這幾條橫、幾條豎，就是橫豎的意思——橫豎，也就是『反正』的意思——你心裡的意思是：反正你隨得我怎樣爲你取名都沒關係……是不是？」

三姑大師當然沒答理他。

他師父班師卻說：「我看不像。」

羅白乃道：「不像什麼？」

班師道：「不像橫豎？還是像個字。」

羅白乃：「什麼字？」

班師：「像個『井』字。」

羅：「井？」

班：「我看他是自喻爲『坐井觀天』之意。」

羅：「我看他是更進一步，看到我們，就自卑起來，認爲他自己是『井底之蛙』的意思。」

許是給這對師徒搞火了、躁了、煩了，忽然用左手指了指院前不遠處的一堆垃圾，右手指著石階前的一堆狗糞，看著羅白乃和班師，點了點頭。

然後起身。

回到廟裡。

◇◇◇

這下，那對活寶師徒，可都直了眼。

班師瞠目道：「那是什麼意思？」

羅白乃搔首道：「其中一定有喻意，有禪機。」

班師咕噥道：「說不定他只是說我們像一堆垃圾、一坨狗屎。」

「那我一定是垃圾了。」羅白乃忙接著補充道：「不，才不是呢！我看他一定另有深意，我們只是一時勘不破罷了。記得禪林公案裡有人問巴陵禪師：『何謂吹毛劍？』巴陵禪師只說了一句：『珊瑚枝枝撐著月。』問者從此就悟了道，有了斬斷一切妄想執著的智劍。我看，三姑這兩手一指，無聲勝有聲，簡直是萬語千言，千呼萬喚裡的無聲，就看我們能否悟得？是否得悟了！」

班師咕嚅自語的說：「你那麼注重他的話，平素卻又老是與他抬槓？」

羅白乃正色道：「那不一樣。要知道修禪唸佛，最重要的是自己體悟，這叫冷暖自知，啐啄同時，鏌鋣在握，寶劍在手，賓主歷然，言語道斷。既然禪境是：天地與我同根，萬物與我一體，他教我悟時，我也該教他悟，這方才爲他是吾師，吾亦其師也。正所謂：道得也三十棒，道不得也三十棒。他裝模作樣時，我也就裝模作樣跟他鬧，但他直指人心之時，我就該聞聲悟道。」

然後，他又在尋思自咕：「所以，他一手指狗屎，一手指垃圾，定有深意，必有啓示。」

◇◇◇

不久，三枯大師得悉王小石等要撤離「六龍寺」，他即收拾了一個包袱、一口褡褳，手持禪杖，往外就走。

廟裡主持六容在背後喚他：「三枯，你還回來不？」

三枯稍微止步，禪杖尾部在寺前青石板上砉地一聲碰撞，終究沒再說一句話，又往前行去。

這時，羅白乃仍在院階上苦思，一見三枯這下動作，立即叫道：

「我可透悟了、得道了！」

這回他師父可也收拾了行囊，要跟王小石等人一道南行。

王小石原意給他們自行選擇：跟與不跟，悉聽尊便。

班師沒有選擇。到這個地步，跟大夥兒在一起，是險，萬一是死，也是一起死，總好過脫了隊即死、立死、枯寂死、孤獨死。

他正要促徒弟也一道走，卻聽羅白乃大嚷悟道，便九成不信一成姑妄聽之的問：

「你這副稀粥腦漿的德性，又悟啥道來著？」

羅白乃卻很認真。

也很興奮。

簡直還雀躍。

他漲紅了臉，遙指三姑大師背上的褡褳說：「狗屎、垃圾，就是他背著走的。那就是他的責任和道義，凡人看來，只不過是垃圾、狗屎，但他卻棄不了、放不下的。」

班師有意挫他，帶點譏誚的說：「你不是說過：誰說放不下的，誰到後來還不是放下的嗎？這狗屎、垃圾，背著不放又有啥意思！」

羅白乃卻一點也不理屈：「禪到頭來，還不是為了成佛？佛到頭來，還不是人！一翳在眼，猶若空華。誰是佛祖？當下我是！難道成了佛就可以為所欲為、任意妄為嗎？那豈不是跟成王稱霸沒兩樣！佛也一樣要吃要穿、要耕要作，要背行囊救人救世的。人人都說要放下，只不過不想負責任罷了，那就跟脫了褲子放屁一樣——沒意思，不濟事！」

班師仍不以為然，故意損他一句：「你不是也說過什麼：把明明是很複雜的事，簡化為追『名』逐『利』，未免太膚淺了嗎？現在又把兩個褡褳說成『責任』和『道義』，豈不也一樣著相？」

羅白乃這回聳聳肩，吐吐舌頭，攤攤手，道：「道就是如此：說了不增，不說不減，說盡不滅，不說也罷。」

班師見徒弟撐不下去了，也不為己甚，只自下咕咕的說，「我總覺得狗屎就是狗屎，垃圾也不外是垃圾，褡褳也不過是褡褳，那有什麼曲折大道理！」

徒弟聽了，居然也沒爭辯，反而說：「你能這樣想，其實也悟了大道理。」

「三姑」纖瘦的身子卻執著沉重的禪杖，義無返顧的前行，去會合王小石，護送他們下東南。

他大概絕沒想到自己背上的褡褳居然成了大道如天，爲此師徒二人，爭辯不已。

稿於一九九三年九月八至九日：六遇KIN劫／山狗孫收皮大壽，「大哥大好」、「在水一方」、何老味（Follow Me）、梁露露、賴俊能、「陳雅倫詹」、「曾路得余」、「葉子楣禮」、「藍潔英麒」先慶賀於金屋再歡聚於「大得利」／HKIDW平安大吉／「唐斬」現海報／收到「中國友誼」版《劍》、《槍》、《箭》六書／汪力邀急出「六人幫」／何牟尼贈「綠石蛋」一枚。

校於九月十至十一日：電池姐姐、梁飛鞋、大可可大女子、何乃出、賴君能、「荒唐鏡」歡聚多議題／KS HUJAN 愉／「風采」鐵板神數專欄刊出我與母、姐之合照／鐵肩大俠來信：七書版稅將匯至；又尋獲至少十種我之冒牌及翻版書；「中國致公」出版《戰僧與何平》；假書《少年無情》已面世；催稿《震關東》與《少年四大名捕》新作；「北京青年報」刊登文章斥我宣傳暴力；「師範」版稅爭取中；沈教路並另函致「荒誕小姐」／與陳赴澳、棋子餅、大隻佬通電／「方蕪」評讚《傷心小箭》。

修訂於九四年十一月廿至廿五日：千辛萬苦、千方百計請託方游說勸邀青兒來港入中暢遊，非但遭冷待，還大說是非，一年半來樂此不疲，與我待之心意恰得其反，故痛下決心全面放棄／珠江三角洲行旅已擬訂／賢H／多情總為無情傷／深情總較薄情苦／沈洽談我作品之精裝本系列／吉林文藝盜版《神州奇俠》／寫作積分最低時期／貓姑來圖／愛不怕痛，恨不怕苦，愛化為恨則何苦／為情傷心為情絕，萬一無情活不成／重出江湖，風雲再起／與孫三四歡聚／斷。絕。

第十六章 紅爐上一點雪

一 自私、寫詩還是大公無私的大師？

一路上，八百里，佛法高深的三枯大師抑或是給羅白乃整治蠱弄得團團轉的三姑大師，都背著兩口褡褳，跑在前邊。

前面有山賊，卻聽他指揮。前邊有盜匪，也先讓他給打跑了。

前頭若有道上的人物，自會爲他開路；前方若有官兵，遇上這位秀氣大師沉重的禪杖，可謂倒了八輩子的霉。

這位「大師」像認識了不少綠林好漢，而一路上不管黑的、白的、官的、民的，對大師都不是聞名已久欽儀效命，就是聞名喪膽掉頭就跑。

所以，有他在，群俠的逃亡歷程，有了不少方便。

少喫了許多苦。

這大師卻吃得起苦。

太陽烈照，他光著頭，連笠也不戴一頂。

大雨滂沱，他也拒絕撐傘——連方恨少好心爲他遮上一遮，他也一拂袖撥走了雨傘，逕自走在雨中。

這一下，方恨少臉上掛不住，只好恨恨的說：「好啊，走在雨中，好不詩意！大師像位詩人，還多於像個和尚！」

總之，大師吃苦耐勞——或者說，他吃的是「草」，擠的是「奶」，耕的是「田」，挨的是「鞭」，就跟牛一樣。

大師從沒怨言。

人家睡覺他守夜。

別人吃飯他最遲。

他不以爲忤。

他任勞任怨——這裡當然不是那兩個原來在「刑部」跟隨朱月明、後來改投了蔡京的惡棍的名字。這絕對是一個對他的讚美。

而且，大師還十分聽從王小石的意思。

總而言之，他對王小石十分維護，言聽計從。

大家甚至有點懷疑三姑大師跟王小石到底是什麼關係？

羅白乃有次趁王小石走了開去勸解仍鬱鬱寡歡的唐寶牛時，真的問了大家這個問題。

於是眾說紛紜。

大家邀較老成持重的唐七昧先估。

唐七昧說：「是天衣居士生前安排下接應他愛徒的人吧？」

大家再要性情比較古板的梁阿牛來猜度。

梁阿牛：「同門？」

然後到大家胡猜，那就離譜了：

「師徒？」這是班師的猜測。

——究竟誰師誰徒？況且兩人年齡相距不遠。

「兄弟！」這回是方恨少的看法。

那到底誰兄誰弟？

「舊部。」何小河認爲。

——理由很簡單：像王小石這樣的人材，不可能只到了京師後才叫紅，在他入京之前，一定也是個極出色的人物。因此，何小河認爲王小石在江湖上一定有很多朋友，在武林中也一定會有很多他的舊部。

說不定，「三姑」就是其中一個。

現在輪到羅白乃說了。

他的推論比誰都荒謬。

簡直不可思議。

「女友。」

——什麼!?

大概都不懂他的意思。

——女友!?

「他是他的女友，」羅白乃絕對異想天開，「或者，他們根本就是一對夫婦。」

何小河又好氣又好笑：「你是說，三姑大師是個女的!?」

「那有什麼不可以?」羅白乃仍振振有詞，嘴裡也唸唸有詞，「既然連郭東神都可以是個女的，三姑大師有啥不可以是女子?何況他也長得那麼俊。」

這倒是。

其實，三姑「大師」的年紀和樣貌，一點兒也不「大師」。

他非但不老，還清俊得不得了，臉上常流露出一種乏倦的情愁來，瞇迷著眼醫，一張清水浸著月光石卵的臉蛋兒，光著頭反而覺得他俊得有朵、美得發亮。

得。

那是一種高貴的情態，還帶著香味佛意，不是一般美女能有，不是一般俊男可得。

所以羅白乃這樣一說，大家倒狐疑了起來，竟然有點懷疑三姑大師是否真的女扮男裝了。

何小河笑斥道：「胡言妄語……難怪你跟他改了個同音法號作『三姑』……我倒沒看出來。他一上來就是大師，我反而沒想到其他的。」

梁阿牛不解也不同意，「他是大師，大師怎會是個女的？」

羅白乃立即反詰：「是誰規定世間的大師就不許是女的？」

梁阿牛爲之語噎。

方恨少笑說：「可惜他剃光了頭。」

「可惜什麼？」羅白乃也反斥道：「世間漂亮的男女，要真的是好看，就算剃光了頭，牛山濯濯，也照樣美得殺死人。」

方恨少馬上認可：「對，像我，就算擷下方巾，也美不可方物。有人說我改穿女裝，還勝紅妝呢！」

「嘔！」

那是何小河裝嘔的聲音。

「什麼？」方恨少故作不懂，問，「何姑娘可有喜了？」

溫柔一跺腳，臉色遽變。

班師卻叱斥他徒弟：「小豆丁，你別亂來胡搞的，人家三枯可是得道高僧，你不是有那個……意思吧？你可別搗破了頭，壞了人家修行！」

羅白乃可不說這個，更不想聽他師父這個。他見溫柔不悅，以爲獨漏了問她「高見」所致，便笑嘻嘻的找上了溫柔：

「妳呢？恩婆對三姑有何高見？」

溫柔救過他，他既不能叫「恩公」，有時便叫她「恩婆」，溫柔向來也不以爲忤，反而覺得好玩新奇。

可是，這時溫柔卻扳起了臉，噘起了嘴兒，說，「什麼三姑六婆的，人師小徒的，有啥了不起！」

說著，又一頓足，轉臉就走了。

羅白乃不意溫柔這下說翻面就翻了面，冷丁怔住，搔了搔頭皮，笑與大家說，「我的姑奶奶又發脾氣了。」

心裡卻愛煞了溫柔惱怒的時候，兩邊粉腮像剛蒸好且發得玲瓏可人的小包子一樣，好像一口咬下去香甜入心肺似的。

溫柔擰身去了。

大家還在喁喁細語，趁王小石仍在勸解唐寶牛，三姑大師上了一蚊山找走馬賣解的那一幫人馬，要他們暗幫偷渡王小石這一股人的流亡，所以這干流亡男女才正好可以談論人前人後的種種是非，都一致認爲三姑形跡可怪可詭，也可敬可佩。

——例如：三姑背上的兩個褡褳，左邊那個，一旦解開，裡面有著令人意想不到、各種各類、稀奇古怪之事物。

右邊那個，他卻從來沒開過。

也從來不肯放下來。

說三姑大師吃的是草，擠的是奶，耕的是田，睡的是棚，後三樣都對：三姑確是吃苦耐勞，不嫌不棄，他除了成天至少要沐浴三次之外（無論多荒僻之處，他還是能找到水源讓他沐浴），別的都是個苦行僧的款兒，但他依然素淨伶俐，香氣自放。

但他吃的絕不是艸。

而是花。

他也不是吃花，而是沿路只要見著了花，就湊過嘴鼻，在那花蕊深深一吸氣，「索」地一聲，他好像就很饜足了。

飽了。

便整日不吃任何飯菜了。

每次羅白乃都很好奇，也湊過去看大師如何「索花即飽」。

三姑當然不喜歡有人旁觀。

所以往往羅白乃在身旁，他就不吸花了，走開了。

偏生羅白乃好死纏爛打。

他還問出了口：「大師，吸花呀？」

大師只合什：「阿彌陀佛。」

羅白乃又直截了當的問：「大師，您是吸花香就飽了麼？」

三姑只唸：「善哉，善哉。」

羅白乃讚嘆的道：「大師太詩意了。大師在家時可是寫詩的吧？」

三姑淡淡地道：「花比詩美。一朵花就是一首詩。詩有造作，花不。一個人好，本身就是一首詩；好人是好詩。」

羅白乃似懂非懂，忽有點領悟的道，「那麼，大師太自私了。」

三姑大師倒沒料到羅白乃會忽然這樣說。

「吃花嗅花，有這麼大的好處，大師怎麼不介紹推荐大夥兒都吃些花兒呢？看來大師是多吸花兒精華才會出落得如此又白又嫩吧？」羅白乃理直氣壯（其實他就算理屈也一定氣壯——他的經驗是：不管理屈理直，總之，一定要氣壯了再說；氣壯，則理屈也可直；氣弱，則理直亦只能屈）：「這樣說來，一向給人譽爲大公無私的大師豈不太自私了麼？」

三姑大師微笑，搖頭：「不是我不教，而是你們一定不從。」

羅白乃不解。

所以他要三姑大師作解。

二　吃花狂僧

「我吸的不是花，而是花的味兒，是花香。」三姑大師道，「我吃的不是花，而是花的粉兒。」

羅白乃奇道：「花香可以聞，這我知道，但花粉卻能吃麼？如何吃得？」

三姑道：「這是世間最純淨的事物。花粉是花蕊的粉末，是花之魂、香之魄、活命之源。你想，蜜蜂、螞蟻採了這點粉蜜以飼蜂后、蟻王，壽命特長，體壯精強，且能獨產下千萬蜂蟻子孫，可見其延壽強精、美容祛病之效。千多年前《神農本草綱》已載：花粉為食物上品，久服可輕身、益氣延年。人見我寡吃，以為我苦，不知我享受，不知此方為人間聖藥。」

羅白乃嘖嘖讚嘆：「原來花粉那麼好，我今後也吃。」

三姑大師笑道：「這不易吃。你功力未足，分不開來雜質，吸了也收不了。何況，世人太貪饞、雜食，以致吃了什麼好東西下肚，都給混雜了，吸收不了，如同白吃。」

羅白乃仍是熱衷：「我也可以戒食的呀。你告訴我有什麼不可以吃的？」

三姑大師道：「你呀？不行。」

羅白乃愈發急了：「我爲什麼不行？我聰明，用心就行。」

三姑道：「你是聰明，悟性也高，要不，我也用不著跟你耗。但聰明人反而貪多務得，難成大器。先專心才能用心，人若花心已先散了心，心力也沒可著力了。」

羅白乃詫道：「那還要什麼著力處？」

三姑問：「要你戒食葷，你成不成？」

羅白乃搔首道：「戒吃葷？那就是沒肉吃了。那多難過呀，光吃菜，嘴裡遲早淡出個鳥來！」

三姑笑道：「這就是了，你那頭吃肉，這頭吃花，那還不如雜七混八的胡吃一通好了：正如道釋儒齊修，茅山、密宗、煉丹齊習一樣，到頭來不但一事無成，一失準兒還會成了失心瘋哩。」

羅白乃聽了還不服氣：「大師。這我可不明白了。你也是禪學上有大啓悟的人，穿華衣和打布釘本就沒有什麼分別，豪宅與茅寮也是一般棲身，吃肉的和吃素的，還不是一樣，大師又何必自苦？何須著相呢？要真的心頭有佛，又何必計較吃什麼？吃山珍海味，不見得就富，吃青菜白飯的，不見得便窮。」

三姑道：「這不是相，而是心。相由心生，心才是根本，唯心生意，念念無盡。這分別可大了。禪是自然，渾成一體，但該分的，還是要分的；該做的，還是要做的。否則人跟朽木，豈有分別？又如何成佛渡眾？有益眾生的便是佛，慈悲就成佛，佛豈是一無動靜的廢人？你我都是有血有肉的人，你想不想給人切成一塊一塊的、流血流淚的吃下肚裡去了？要是不願意，又爲何吃其他有血有肉的？你吃牠們，就是在枉造殺孽。牠們會痛，會怕，會求饒、求生，一旦想保住性命，就生懼畏，如此遭你殘殺的牛羊豬狗，都死得不甘，牠們的身子都是活著的，然而你爲了喫牠們的肉便把牠殺了，牠的肉豈甘心爲你所食？蝮蛇一緊張就分泌毒液，鰻魚一遇敵即以電殛，大多動物瀕死前都滲泌毒素於全身，只是你不曾察覺而已。自然酒肉穿腸爛，身體自然會壞，元氣也不充沛了。禽獸也會反撲、報仇的；那叫報應循環，因果不昧。你也不想死，不想人爲了你的財物、名權或皮毛血肉而無端劫殺你、無故加害你，那你又爲何逞口腹之慾，而奪取別種生命的活命機會呢？況且，青菜紅果，確要比大魚大肉有滋味，只是你吃不出葷的腐味來，也吃不出素的滋味。」

羅白乃仍不認同：「我們是練武之人，怎可以只吃蔬菜？不吃肉，力從何來？不殺生，又何來肉吃？何況，不吃白不吃，你不吃，人家可是吃的，你少吃了，便給別人佔便宜了。再說，其他鳥獸可也一樣殺生的呀！大魚吃小魚，老虎噬鹿，飛鷹搏兔，蟒蛇吞雞，弱肉強食，自古皆然，也是自然律法，我又何獨故意去違反法則，跟自己口腹食慾過不去呢？」

三姑卻睇了羅白乃一眼，反問了一句：「那你認爲強的可以吃弱的，大的可以吃小的，那麼，蔡京、王黼、梁師成之類就活該任意宰割黎民百姓，天下第七、驚濤書生、神油爺爺等人就可以吃定你了？」

羅白乃喃喃道：「這……也不可以這麼說的……」

饒是他機伶善辯，一時卻沒了對詞。

三姑又斜睨了他，似笑非笑的問他：「怎麼？蔡京相爺那些人權勢不大麼？方小侯爺等人武功不比你高麼？」

羅白乃鼻尖已微滲出汗珠：「他們……我是人，我會反抗的，怎能任由人欺！」

三姑笑了。他的皮膚又白又嫩，白得像剝了層皮的蔥心，不止是人最高貴秀氣的肌膚，甚至還帶了點仙味才能有的造化。

他笑起來的時候，忽然間臉上就有了許多皺紋，皺得十足好看。

天下間沒有皺紋能皺得那般好看的了。

——也許，這就是常年唸經修佛的好處吧？

羅白乃心底裡暗忖：

——三姑到底多大年紀了，怎麼左看、右看都不出來？

「你會反抗，別的動物、禽獸、魚鳥就不會反抗嗎？萬物都是有生命的。你吃牠一口。每一口裡都有著牠們的生命。你切下自身一塊肉看著吧：那兒盡是生命。你要活多久，祖先、父母、妻室，還有你自己費多少心，才有這一塊肉，你還捨得吃下肚裡去嗎？那是會痛的哦。」三姑要言不煩的說：「你不吃自己的，卻吃人家的，豈不自私、狠心嗎？」

羅白乃囁嚅道：「那……那該怎麼辦？要我不吃肉，那……那太……」

三姑好言好語的說：「也沒要你一天就辦到。你塵緣未盡，佛性未固。今天戒了，明天又犯了。明天犯的，更變本加厲，所以不如不求速戒。一天戒一些，少吃一些，少作一些孽，日子有功，加起來就功德圓滿了。戒律不是制限，而是自發的，那才能從『戒』中入『定』，『定』中生『慧』，強求是沒有用的。」

「對對對，」羅白乃猛想起一個對他有利的例子，就忙不迭的道：「我師父也是。他也嘗試過茹素吃齋，但吃了一陣，火氣卻更盛了。他也試過唸經潛修，但連波般經還沒唸完七七四十九遍，他已經煩躁不安，心神不定，且頭頭碰著黑，所以就索性不唸不戒了。」

三姑反問：「那你唸經、戒齋，原來是爲了要走好運、別有所求的了？」

羅白乃期期艾艾的道：「這……這也不是這樣說……不過，要是連基本的好處都沒有，這苦……受來作甚？」

「哦，是受苦嗎？叫你戒葷，讓你神清氣爽，益壽祛病，這是苦麼？教你唸經，讓你淨化心靈，救人渡己，那是苦嘿？」三姑似笑非笑，這時候的他最俏：「世人既多分不清苦樂，現在連受苦還是受惠都不清楚了。大家都爭名逐利，貪圖私欲，到頭來，文明喪盡，只掙得個無明。」

羅白乃怔了一會，喃喃地道：「大師，你讓我想起一個人，一段話。」

三姑這回倒悾然問：「什麼人？什麼話？」

羅白乃睖視三姑，道：「王小石。」

三姑大師忽然飛紅了臉，別過了頭，眴向別處，他原先的淡定閒靜也一下子消失於無形。

羅白乃仍睖視三姑，道：「只不過他不是用『無明』二字，而是用一個字。」

三姑眈目下視，漫聲問：「什麼字？」

羅白乃道：「那是唐七哥名字的末一字。」

三姑恍然道：「昧。」

羅白乃道：「便是這個字。」

三姑大師饒有奇趣的問：「他卻是因何提出這個『昧』字來？」

羅白乃道：「大致也跟你這樣。我作了些事，多問了兩句，他就說了這個。」

三姑愔然笑了笑，道：「你又犯什麼事，才讓他說你了？」

羅白乃道：「我在殺蟻。」

三姑奇道：「殺蟻？」

羅白乃說：「對。我們逃到貓林那一帶，找不到宿頭，只好往地上睡。偏那兒蒼蠅多，蚊子又多，連螞蟻也來湊熱鬧，我給叮了幾口，一時火起，便殺了幾隻……」

三姑說：「阿彌陀佛，蟲豸蟻蠅，都是有生命的，牠們又沒咬死你，你又何苦弄死牠們？」

羅白乃：「他也是這樣說，可是我不同意。那是無用的、有害的東西，殺了也就殺了，我又不是殺了有用的、好的東西。」

三姑問：「他怎麼說？」

白乃：「他說：世上沒有無用的東西。糞便可以成肥料，使蔬菜水果肥大多汁，餵得人胖胖壯壯。朽木枯草，小可塡坑，中可飼畜，大可蓋房，無一物無用。就算蒼蠅、蚊子、螞蟻，全都有牠們的用途，沒有了牠們，鳥、蛙、蛇都吃什麼？然而，鳥的羽毛可爲我們披衣，有的蛙和蛇，從唾液、脂肪到皮、膽，都是上佳的藥材，可治療暗患惡疾。世間沒有沒有用的東西。如是，難道一個人殘廢了就該殺了嗎？他自有他的用處。然後王小石就嘆了一聲，說：『人只以爲自己有用，其實是給蒙昧了，失去真正的智慧了。』」

三姑大師莞爾道：「難怪。」

羅白乃反問：「難怪什麼？」

三姑大師道：「難道王小石不肯當官，他是不能當。難怪王小石還是不能長久當『金風細雨樓』樓主，他終究是當不了。他就是佛性大。」

三　寒時寒殺闍黎熱時熱殺闍黎

羅白乃倒不大注意三姑這番說話，仍得意的轉述他和王小石的辯駁：「我卻不同意他的話，反問他：『你這也不可以殺，那也不可以殺，那你就等別人來殺你呀？』」

三姑問：「他怎麼回答？」

羅白乃道：「他說：『那不然。別人殺我，我也會還手。如果殺一人能救蒼生，死一人能活天下，我就當殺人者也無妨。』我見這難不倒他，就想別的問題來考倒他。」

三姑倒聽出了興味：「你怎麼考倒他？」

羅白乃哈哈笑道：「我跟他說，他要是真夠佛心，大慈大悲，為何還是常有吃肉？不乾脆出家當和尚去了？」

三姑就問：「他怎麼——」

羅白乃也不待他問完，已說：「他就跟我這樣說：小羅，我們這個時候，應該少幾個出世的和尚，多幾個入世的俠士，那就可以多幫幾個人、多救幾條命了。我不是佛心高，而是俠心不滅，你可別誤會了。我吃肉，但不殺生。已經殺了剮了的，我吃了也不諱忌。但爲我活殺的，我一概不吃。我是習武決戰的人，要有力氣，不能完全把骨肉全戒掉。——大師，這番話可跟你有點那個，那個不一樣呢！」

三姑似咀嚼沉思，好半晌才說：「我也弄擰了：看來，他確只是俠心高，而不是佛性大。不過，這樣說好了，俠心佛心，都是很近的東西，他說他是練武打殺的人，非吃血肉不可，那卻是荒唐話：大象夠壯夠大，卻只吃枯草、水果。牛的力氣遠勝於凡人，但只喫草。猴子夠靈活了吧？吃的也只是果仁而已。」

羅白乃眨著一雙靈醒的大眼睛，仍是問道：「可是吃齋茹素又怎樣？這世上都沒報應的。人說：善有善報，惡有惡報。可是我最常見的是惡人得勢，就算死了，也壽終正寢，極盡哀榮。反而是善人好人，沒好下場，且多喪於惡人手裡。又有補語說什麼：若然不報，時辰未到。可是他們一直得勢當權，享盡富貴榮華，到死的那一天仍不報，我怎知道世上有沒有報？就算他們下地獄、受折磨，我又沒見過，怎知道！這當真成了：殺人放火金腰帶，修橋整路沒屍骸了！如果沒有報應，行善作啥？行善和行惡有啥分別？如有，那就是善行者自討苦吃，惡行者快意平生。」

三姑聽了他這一番話，蹙著秀眉，顯得很有些沉重和感慨：

「你這些話，卻也有沒有問過王小石？」

「有！」羅白乃坦然道：「所以他又第二次跟我說了那個字。」

三姑一怔，然後隨即想起，「『昧』？」

「對。就是這個字。」羅白乃興致勃勃的說：「他說：『報應不爽，因果不昧。』這八個字。」

三姑慥然道：「好個報應不爽，因果不昧——王小石可有跟你解說這兩句話的真義？」

羅白乃懵懵地道：「沒有。他只是嘆了一聲，說：世上就算未必真有報應，但世事總有因果，不可輕忽。」

三姑道：「那你明白他的意思沒有？」

羅白乃道：「有些明白，也有些不明白。」

三姑道：「你明白的是那些？不明白的是那些？姑且說來聽聽。」

羅白乃道：「他的意思大概是說：報應未必是我們凡人可以眼見的，但不可因此而不作好事、多做惡事。」

三姑說：「這還不足。既然有因果，便是有報應。有的人成天修橋舖路，佈施行善，但不幸夭亡，遭逢意外，那只是我們凡人可見的一面。我們不知道他前生作了什麼孽，後世修成什麼功德，就算不信輪迴，我們也不知他是否這頭做好幫人，那頭劏雞殺鴨，在有意與無意之間，間接或直接的塗炭過生靈。就像你師父，他一修佛，就遇波劫，便生畏怖，馬上不修了，這就壞事了。其實，一個人佛緣深，魔障也特別多。佛與魔，本就是一線之隔而已。這種人一修佛道，心魔反噬，掙扎蒙昧，所以把未來的孽劫先行應驗了。通常真佛渡人，自己也得代爲應劫，不惜身入地獄，遍身血污，飽受魔侵，歷盡浩劫，更何況是凡人？所以你師父一修就遇禍，那是應劫，能應始能渡，是好事，修對了頭，渡了小則平安，大可成佛，且可見出他是佛性未泯。可惜，他一遇劫便怕了，放棄了，這就前功盡棄了，往後只怕仍得要遭劫。就像人害了病，醫生予他下藥，他服了又吐又瀉一樣：那就是治對病灶的兆頭，可惜病人反而怕了，爲了不吐不瀉，就不服藥了，那麼，這病怎麼好得？怎生治理？」

三姑嘆了一口氣又道：「人對報應的看法，十分短淺。以爲眼見該報的不報，該應的沒應，那就不肯修這功德了。誰知報應雖未人人立見，但因果循環，總是及時，所以說，人本是佛，只是人自己要脫離佛性；魔壞不了人，只有人壞得了自己。」

羅白乃聽了三姑說理，很覺舒服，但舒服得來又倦倦欲睡，他望著三姑那吹彈得破的臉靨，這回便說：「我可不明白一事。」

三姑流麗的笑了笑，說：「世上沒明明白白的事，只有明明白白的心。不明白，用心問，就算還不明白，也會分明些的。」

羅白乃這回誠懇的道：「我不是像方恨少這般飽讀詩書，也不似王小石那般名動江湖，更不如唐七昧有家勢實力，……你卻爲啥常在有意無意間提點我？」

三姑哈哈笑道：「我提點你？你不是也常提點我嗎？」

羅白乃這下愧恧地道：「哪有的事……大師說笑了。」

三姑正色道：「因爲你是平常人，所以我才跟你多說幾句。」

羅白乃迷惑的道：「平常人？」

「不是平常心就是道，便是佛麼？」三姑道，「當然，你是個悟性很高的平常人。」

羅白乃憮然又複了一句：「平常心？」

三姑看他懵懵的，便又提省了一句：「其實，自然就是真，真就是佛。真是佛，美是佛，善也是佛。八萬四千法門，無不是佛。只要能悟道，就是法門。你可以從劍中悟道，書中悟道，平常心中悟道。你那次在六龍寺說我指垃圾、狗屎，都有用意，那後來成了我背上的褡褳，那也算是一種大智慧了，也就直指人心的說法了。」

「哦？」羅白乃受了鼓舞，返回倒雀躍起來了，釋然道：「那我既已悟了道，豈不也可算是得道高僧了？」

「嘿。」三姑大師又慪然起來了。

「怎麼？」羅白乃又搔頭皮：「我又說錯了？」

三姑愬然道：「明心見性，見性成佛，那還得修行，不是三兩句機鋒，幾句俏皮話，那就成佛升天的事。」

羅白乃這回恪敏的問：「那我要怎麼個修法，才能像您那麼德高望重？」

三姑一聽，便知道這少年人又犯上心躁意急的毛病了。正如一般眾生唸經修佛一樣，爲的是功德、改運、善報，乃至富貴、功名、權勢，如果只爲了這些，不如不必花時間拜佛誦經，多去做事行善便是了。所以他憮然道：「我沒有德望，只有兩口搭褳。」

羅白乃呆了一呆，憧憧的說：「背了兩口搭褳，就可以成佛悟道麼？」

「不是，」三姑答：「有兩口搭褳，只是兩口搭褳。」

羅白乃伸手憍道：「那你給我一個。」

三姑揮手道：「你自己也有，我的怎能給你。」

他緊接又道：「每人自己都有。入得忉利天，誰無包袱搭褳！」

羅白乃大惑不解什麼是「忉利天」？

三姑道：「那就是三十三天。爲慾界諸天之一，或稱兜率天。」

羅白乃彷彿慴伏了一下子，隨即又執意的問：

「但你還是沒指點我，我怎麼才能成爲你？」

三姑道：「你不是我，我不是你，你怎麼能成爲我？」

羅白乃說：「你若渡我，你不就是我了嘿？」

「要人渡不是渡，自渡方爲渡。」三姑已有點興味索然，只唸了一句：

「寒時寒殺闍黎，熱時熱殺闍黎。」

羅白乃一愣，問：「什麼闍黎？」

「闍黎是阿闍黎的簡稱，就是僧侶的意思。」三姑惓然道：「面對吧，它在你對面，中間沒有捷徑。」

說完了這句，他就垂目合什，表示不再多說了。

羅白乃不得要領，越不甘心，不久又藉故挨近三姑大師搭訕，不過，三姑多不回答，有回應也只一句數字了事：

譬如羅白乃問他：「你再指引我條明路吧！」

三枯不語言。

羅白乃問急了，他就用手一指：

指的是他腳下的路。

羅白乃沉思片刻，又問：「我當下該走什麼路？」

三姑指了指嘴巴。

羅白乃當然不解，待又再問，三姑就說：「貪多嚼不爛。」

羅白乃擰不過三姑，便又逗開個新話題：「你原號三枯，我叫你三姑，你惱不惱？若惱，我改稱你三枯大師如何？」

他以為大師一定會著緊、會喜歡、會回應。

大師只說了一句：

「都一樣。」

「都一樣？」

「都一樣。」大師說，「既然狗屎、垃圾都是禪，三姑和三枯都一樣是大師。」

這是近日三姑大師對羅白乃說的最長的一句話了。

也許他覺得羅白乃太急攻求進、貪多務得，他就三緘其口，不教了。

就算羅白乃苦候在三枯大師身側三個時辰，三姑走路時就走路，打坐時便打坐，吃花時只吃花，就是不去理睬他。

羅白乃沒法。

就連這次、這時，忽聽溫柔跳了出來，大呼小叫：

「何姊，何姊，我來了，我來了呀……」

羅白乃莫名其妙。

溫柔仍在歡呼：

「何姊，妳在那裡……我可來了，我那個可來了！」

羅白乃直著嗓子嚷了一句：「恩婆，妳來了就來了，叫老天爺做甚？」

溫柔白了他一眼，啐道：「賊殺的，關你娘屁事！」

羅白乃怔了怔，伸了伸舌頭：「嘩，好粗俗！」

只見何小河一長身掠了過來，執著溫柔雙手，歡忭的問：

「是真的？」

「真的。」

「來了？」

「來了。」

兩人都點了點頭，無限喜歡、開懷的樣子。

羅白乃旁觀在眼，更爲不解。

他只好去問大師：「來了就來了，她們兩個瘋婆子在高興啥呀？這總不會也是禪吧？」

三姑不答。

羅白乃再問，也不答。

問了也是白問。

只不過，三姑光滑細緻的臉上，現出了一絲難以覺察的笑紋。

那是笑意多於笑容。

笑容只是表情。

笑意在心。

四　取之於大地，用之於人

說也奇怪，羅白乃本來靈靈省省的，而今卻有些兒渾渾噩噩的纏著三姑大師學佛修禪，這會兒倒是比較少去痴纏溫柔了。

近日說過「來了」的溫柔，可輕鬆多了，羅白乃少去騷擾她，她可是對王小石生起了莫大的興趣。

她開始對王小石好奇。

因爲王小石這個人，很奇怪。

他在對敵之際，鎮定從容：佈陣行軍，更一絲不苟。這一路上向東南蜿蜒迴進，他可燭照在心，令追蹤者和截殺者把握無定，但他自己卻指揮若定，過關斬將，手揮目送，氣定神閒。不過，在有些事情上，王小石又直如小孩一樣：梁阿牛爲了交饑，要打殺鳥雀，他就跳著腳跟這「太平門」的高手臉紅耳赤的爭吵了一場。

他一路撿石頭：凡是奇趣、特別（這倒不分美醜）的石頭，他都撿起來，小的往行囊、衣襟裡揣，大的重的，他就將之移開，小心置放，生怕給人亂胡踐踏、破壞似的。

他可不只是待石頭，而是對任何動物、生物，都十分愛護。有一次，他還爲一隻受了傷的蜥蜴裹傷，耽擱了些時候，還幾乎遇了伏襲。

他連對植物，也一視同仁。

他禁止——至少是不喜歡——大夥胡亂斫伐木林、野草，若要生火，他也只撿些枯草朽枝，別人不解嘲之，他還是說那一句：

「世上無一物是無用的，任何人都不該爲不必要的理由去篡奪其他事物的生機。」

有一夜，大家圍著火聊天，不知怎的，大家都罰王小石答他們至少一個問題。唐七昧和方恨少見他不肯獵殺鳥獸以進食，就各出一難題折他：

方恨少：「你不打殺動物，卻有時還是照吃肉不誤，那豈不是仍假借他人之手殺之，你只坐享其成？」

王小石道：「我不是和尙，我吃肉的。世上也有百無禁忌的大師，酒色財氣，無一不沾，儘管他可能佛法精深、進入化境，但我還是瞧不起的。既是佛門高僧，就該修行，修行就是以身作則，而不是只用張嘴騙人論話，只光說不行。我不是修佛的，我只想少作孽：能少殺一生命，就少殺一生命；能少為私慾而害人，就少為私慾而害人；少吃一口肉，多活一條命，何樂而不為之哉？要我殺了吃，我不幹。但已殺了的、烹了的、煮了的，我無法使之死而復生，不如用牠有用之肉體，以果我腹，讓我以有用之身做有用之事，我便吃了也無不安。」

唐七昧則問：「但你也不是不殺人的。傅宗書也死於你手。你不殺生卻殺人，豈不矯情？」

王小石：「那要看殺的是什麼人？我一向的原則是：殺一人以活天下人，我樂而為之。要是殺的是蔡京、梁師成、童貫、朱勔這些人，我能殺必殺，下手決不容情。我不主動去殺生，因為我不想作為這果報循環的起首人。凡事都有因果，一般人只見到現在的果，不知道還有遠因，而且，今天的果也可能是明天的因。有無報應，我不肯定，但因果確是循環的，你今天殺人，人明天殺你，或因而殺了別人，別人再殺他人，他人有一日卻不知因何殺了你——其實是有原因的：是你自己開始了果報的循環。所以我決不願作這惡報惡因的起始，但如果他人作盡惡事，害遍了人，那他已作了因，我就義不容辭的去讓他嘗得惡果。殺人如是說，世事亦如是觀。誰要先傷天害理，總有一天，也為天所傷，理所害。」

何小河盈盈笑道：「你這叫替天行道了？」

王小石笑：「這是天道，也是人心。天道就是人心。」

梁阿牛則問得直接：「我問句混話：你為何這麼多好兵器不用，卻偏愛用滿地都是的石頭？」

王小石答：「兵器再好，也須人打造。再好的利器，也勝不過自然妙造。我取之於大地，用之於人，戰天鬥地，自成一派。」

這回到班師問：「這一路來，我注意到你的兩個習性，我也想跟你一樣，卻不知如何才能做到？」

王小石問：「我的壞習性多，老師說學，是客氣了，卻不知指的是哪一樁？」

班師道：「你這一路來，無論環境多惡劣、多艱苦，只要一有時間就讀書，一有時間便習武，我學不來。」

王小石笑道：「人對自己有興趣的事，不會沒時間做？」

班師道：「可你武功已這麼高，才識又好，還用得著這麼努力費神麼？」

王小石笑說：「我沒有才識，還不下死功夫，不是白活麼？若我有才識，再不下功夫，那就連這一丁點的才識也沒了。」

班師恍然道：「你的功夫原來就是這麼做來的。」

王小石：「人在一生裡只能專心做好幾件事，甚至只一件事兒。我喜歡習武，因爲它除了強身健體之外，又可濟世救人，而且它好玩。讀書也一樣，不同的只是：強的是心，健的是腦。人以爲他怎麼一筆下去就是畫，一刀下去就見神，一下子就有妙著，一凝神就有佳句，其實那都是日常功夫，大才情都在小功夫上立起來的。」

本來該到唐寶牛問。

唐寶牛卻不問。

只喝酒。

他平常雖然豪邁，但不嗜酒。

而今卻一有機會，就酗酒。

所以反而是王小石問他：「你喝夠了沒有？」

唐寶牛答：「沒有。」

卻打了一個大酒呃。

王小石耐著性子道：「你可不可以不再喝了？」

唐寶牛直著眼咕噥道：「好漢子都喝酒。」

「你以前可不是這麼想的。」王小石道：「能喝酒不算好漢，只是酒鬼。喝醉了對人對己，都不算好漢。」

唐寶牛歪著身子晃著頭說：「醉了好，醉了可以消愁。」

王小石嘆道：「一醉不錯可解千愁，但千醉卻是只跟自己有仇。」

到溫柔問王小石。

溫柔最認同（也有共鳴）的一點就是：

她也不喜歡吃肉。

她愛吃青菜水果。

她不嗜吃肉的原因，跟三枯大師、王小石卻有不同。

三枯是戒殺。

王小石是不吃活殺。

她是不吃喜歡的動物：

——例如牛、羊、貓、狗、兔。

她也不吃令她覺得醜陋噁心的禽獸：

——譬如老鼠、蛇、蟲、蛙、鱷。

她吃與不吃，主要是喜歡還是不喜歡，與佛無關。

——只不過，見性就是直指人心，見性何嘗不就是成佛？

不知佛的，未必就不是佛。

溫柔卻只偏著頭，側首看了王小石一會，問：

「你是不是人？」

王小石笑了，笑得樂樂的，「妳說呢？」

「你是人，」溫柔說：「爲什麼不會累？」

王小石一時不知如何回答。

溫柔又說：「我從來沒見過你打呵欠，也沒見過你勊。」

「我體力還好，」王小石指了指自己的心胸，「但這兒有時還是會累的。」

溫柔又眄視著王小石，好像準備要好好的「研究研究」這個人了：

「你知道你這樣一個一個回答人問題的時候，像誰？」

王小石倒是一楞：「像誰？」

溫柔撇了撇唇，道：「像三姑。」

王小石一怔，道：「大師？」

溫柔的鬼心思又生出來了，就說：「那你不妨也有個稱號。」

王小石知道她要他問，他便問：「什麼稱號？」

「六婆。」

溫柔答。

說完之後，她臉上的酒窩兒可笑得一淺一深的，煞是好看。

王小石好似看得痴了。

一直沒問王小石的羅白乃馬上拍手叫好：

「六婆大俠，三姑大師，哈哈，烏雞白鳳丸，天生一對，天造地設！」

這種亂給人起名字、吆樂唱愁的事，羅白乃最是擅長。

溫柔聽了，卻扳起了臉，叱了一聲：「蘿蔔糕，你嚷嚷什麼！沒給你一頓子賊打不成！」

羅白乃馬上噤了聲，還不知自己踩了溫姑娘哪一條尾巴。

輪到三姑大師問了。

三姑不同。

他只指指地上的石子，又指了指自己的心。

王小石亮了眼。

點了頭。

他也指指地上的石頭，又用手指了指自己的頭。

他們這一指一點間，似問了很多問題，答了很多問題，說了許多話語。

「你不是學佛參禪的嗎？」這回班師偷偷的問他徒弟：「他們在幹啥？他們在說什麼？」

「他奶奶的！」羅白乃悻悻然道：「他們大概是說：你的頭我的頭都是石頭死人頭！」

五　明頭來明頭打暗頭來暗頭打

那天晚上，來到「黑森林」前，三姑大師跟諸人說：

「大家小心了，這兒很黯，老衲為諸位開路，但仍請留意當前。」

梁阿牛聽了就咕噥著：「什麼留意當前，咱們八百里下來都提神吊膽的，一個黑森林算啥！」

溫柔也湊著月色遙指笑問：「黑森林，可是前面山坡那一大片密林？是長得密集了些，看去卻也不怎麼嚇。咱們刀山火海也闖過，也不覺得刀太利、火太燙，這黑林子也總不能把明白人染成黑菩提吧！」

說著就嬌笑了起來。

三姑大師知他們並不在意，就說：「老衲還是奉勸諸位，小心當下為要。」

他年紀不大，還焉知是男是女，卻常喜自稱為「老衲」，大家對他這稱號都甚不以為然。

王小石見勢就笑說：「這『黑森林』在這一帶有點名氣，在江湖上也有名堂。」

方恨少也聽過些傳聞，於是配合王小石的話題，道：「對，曾有不少武林中立得起萬兒的人物，卻都折在這裡。」

溫柔仍不經意，只奇道：「這林子裡的蛇蟲鼠蟻、毒物猛獸，有這般厲害!?」

王小石道：「這兒地形古怪，地處沼澤，瘴氣奇重，一不小心，容易失足，不可不防。而且這林子裡的一樹一葉、一草一石，全是黑色的，泥作玄色，樹密而濃，盤根錯節，路僻難辨，晚上入林，摸黑著走，真可謂伸手不見五指，得要小心爲人所趁。」

梁阿牛仍不放在心裡：「月黑風高，誰沒走過？一座林子，去他奶奶的最多只能變出一窩子鬼魅來！我姓梁的還是抓鬼的呢！」

一談起鬼，溫柔倒有點變色。

她是天不怕、地不怕，最怕是鬼這門子的事和鬼這個字。

於是她又開始尤怨了：

「既然這兒有險，幹麼要晚上才入林？天光白日的，不是平安得多麼！這不是閒著沒事，自找苦吃嗎！」

王小石委婉的道：「這妳就有所不知了。這兒若從白天過，太陽一照，天氣轉熱，瘴氣就盛，毒氣氤氳，只怕除了不呼息的山魈、殭屍之外，誰都過不了這偌大的一座林子，所以非得俟到晚上還真渡不了這森林。」

王小石一提山魈、殭屍，溫柔又皺眉又苦臉的，跺足咬唇道：「叫你別提那什麼……什麼的，你還提！」

王小石陪笑道：「三枯大師要趕在晚上入林，也情非得已，爲的是大家的好，大家還是小心些好。我看這些天來他欲行又止，時緩時速，有時日夜兼程，有時晝伏夜出，便是想在這兩三個重要關卡上選對最好的時機渡去。」

三枯聽了，望了王小石一眼。

眼裡有無限謝意。

他知道他沒有白做，因爲畢竟有人了解他的苦心。

王小石也深注三枯一眼。

眼裡也有說不盡的感謝。

他了解對方爲他們所做的一切，甚至知道無法以致謝來表達。

兩人微微頷首，約略一揖。

溫柔卻看不過眼。

她悻悻然的道：「鬼就鬼，陰便陰，什麼黑森林不黑森林的，我溫柔就硬橋硬馬的闖它一關，用不著眉來眼去的。」

三枯忙道：「我們一路上停停走走，確是要選準時機，過前邊四個大關。『黑森林』便是其一。我選定今晚有月光照明，趁此渡過，可防黑中有變，可惜天有不測之風雲，今夜風大，密雲四起，只怕浮雲掩月無定，這是誰也料不定的了。有月色時好走些，沒月光時只有闖，大家最好魚貫而行，首尾呼應，讓唐巨俠走在中間。」

大家見他說的認真，也不敢掉以輕心。

他們由三枯大師開路，王小石押後，唐七昧和梁阿牛一前一後夾著居中的唐寶牛。

唐寶牛也真的默默地走在這一行人的中間。

要換作平時，他一定會認為讓他居中而行，是受人保護，是莫大的恥辱，是對他能力的輕侮，他是絕對不會接受的。

而今的他，卻不吭一聲，不發一言，只跟著大家走。

——他是逆來順受？

——還是不爭意氣？

抑或是根本沒有了感覺，失去感覺了？

——這好一個天神般的虎漢，而今卻常默默垂淚、黯然神傷，到底是失去鬥志，還是生無可戀了？

月亮當頭照落。

黑林遇月份外明。

可是要是一個人內心是抑鬱、幽暗的，月再明，日再亮，也照不進他心頭那無底深潭裡的。

可不是嗎？

◇◇◇◇◇◇

「可不是麼？」溫柔發現林子裡雖然一草一木都是黑的，但因為總有些月光自葉縫林間篩進來，走著走著，心裡也安然多了，便說：「這也沒什麼嘛。」

方恨少故意問她：「什麼沒什麼？」

溫柔便索性把話說盡了：「一點也不可怕，我還以為是什麼地府冥宮呢，原來只不過是一座暗一點的林子。」

她話說到這兒，忽聽夜梟還是什麼的，呱呱呱呱的鳴叫了幾聲，還有什麼事物大力拍打著翅膀還是胸膛，且嗖的一聲自她身後幾株林木之間滑了過去，身前不遠的一叢密草堆裡，還發出了幾聲像瀕死者哀喚一般的呻吟。

溫柔聽得花容失色，再也不打話，只聽三枯大師在前面還是在說：

「留意腳下，注意當前！」

溫柔唬得心頭噗噗跳如鹿撞，巴不得什麼也不去留意好了；她初時覺得自己越走越快，但到林子稍有空蔽處一望才知，原來不是自己走得快，而是月亮走得快；再走一程，這又省覺也不是月亮走得快，而是雲朵隨風遊走舒捲飛快。

她這下才了解三枯大師選有月色普照之夜渡此密林的深意：要真是初一到初五的月黑風高時，要渡這片密林，只怕還真的過得更不易呢。

不過現下這林子已渡大半，眼看沒兇沒險，但自己身畔這干討厭得簡直滅絕人寰的豬朋狗友，老在平時說自己膽小，這回，總要威風威風給他們看看才算不枉了「溫女俠」這名號！

——怎麼箇威風法？

得找個人嚇破他膽子才行！

溫柔想到這裡，第一個想到的，自然就是非羅白乃莫屬了！

——嘿嘿嘿嘿嘿，蘿蔔糕，看本姑娘這回還不把你嚇死也得嚇個屎滾尿流才好玩呢！

◇◇◇

是以她踮著腳尖，摸黑脫隊前行，躡足到了羅白乃後頭，用力一拍羅白乃後膊，尖叫一聲：

「嗚嘩！」

然後她就歡天喜地、一廂情願的想像，想像羅白乃給她嚇得三魂不見七魄、狗屎成了堆垃圾的樣子。

◇◇◇

有所謂「希望愈大，失望愈大」，情形便是這樣。

羅白乃也不是沒給唬著，而是他經溫柔這大力一拍，大聲一叫，他就立馬轉身，擺出個七情上面的驚嚇表情，且字正腔圓的說道：

「哎・呀！我・嚇・死・了・我・嚇・死・了・我・真・的・給・妳・嚇・死・了！」

大家聽了見了，都忍不住哄笑了起來，連夜行密林的緊張味兒也沖淡不少。

——這小崽子怎麼一早就已提防我會來唬他？

太過份了。

——這回嚇他不死，下回得要嚇得他失心喪魂半瘋半癲才得消這心頭大恨！

溫柔百思不得其解：她卻忘了世上有影子這回事。

有月光就有影子。

月光雖柔，卻也是光。

月下當然也有影子，這影兒還有個很美的名稱：叫做「月影」。

溫柔躡近唬人之際，一向機伶反應高於武功實力的羅白乃，當然是早已發現了。

——溫柔嚇他。

怎麼辦？

——卻不能避。

因這小妮子是變態的，一旦嚇不著，以後就算噓了氣，只怕她也準要把死屍開棺劈蓋的揪出來嚇個不死不休才甘心的！

——就只好讓她嚇了。

是以羅白乃便裝出那個表情。

豈料溫柔仍是不滿意。

還十分不滿足！

她以為羅白乃是故意調侃她，故而更不忿不平。

這時，三枯又在前邊苦口婆心的叮囑：「小心腳下，別脫行伍，留意當前，勿怠毋懈。」

王小石也在後頭提醒道：「這時分、這當兒，就別嬉鬧了，還是提防——」

溫柔聽了，心中更是老大不悅：

——這麼嘮叨，可一點都不好玩的！

——這般嚴肅趕行，像什麼？算什麼？倒似湘西的趕屍隊伍哩！

想到「趕屍」，溫柔心頭有了個映象，便發了毛，趕行幾步，忽腳下一軟，眼前一黑，忽地軟黏黏的什麼都像給一張黑色大布袋蒙住了，啥都看不見了，什麼都沒了，黑了。

溫柔想要掙動，但眼前盡黑，她又偏離了隊伍，又苦於呼叫不出，只覺一團黑漆幽闇裡直似有鬼魅妖魄似的，盡纏住自己臂腿，往地底裡拉扯。

她掙不動。

也掙不脫。

叫不出。

也呼不得。

就像是一場噩夢。

一個黑色的惡夜裡的惡夢。

她慌透了，心頭裡一直在叫嚷：

「死了死了死了死了，這次是撞鬼了，這回死定了……」

直至耳際那一聲喊：

「明頭來明頭打，暗頭來暗頭打！四方八面來旋風打，虛空來連架打，打打打打打打打！」

這連聲喝打，才把她打得直似霹靂一聲，醒了過來。

這才見到一點光。

月光。

還有另外一點光：

一柄精鍊打造的方便鏟在月下飛舞時，鏟口上映月華所綻放的：

寒芒！

◇◇◇

溫柔這才算「醒」了過來。

也站了起來。

接著下來，她發現不是自己「立」起來的，而是讓人給「扶」起來的。

扶她的是王小石。

眼前卻有人在連聲呼叱、交手、搏戰。

出手的是三枯大師，他（還是她？）身前身後身左身右，纏黏上了幾個黑點黑影，像黑夜裡的妖魅一般釘著這個揮舞方便鏟的大師。溫柔只看了一眼，便發現那幾個可怕的黑影子正是剛才黏貼著自己的「事物」：雖然她還沒弄清楚剛才發生了什麼事，現在到底是怎麼一回事。

六　滅卻心頭火自涼

原來溫柔真的是一腳就踩到陷阱裡去。

這陷阱當然是白高興、泰感動、吳開心、郝陰功等人所伏下的。

他們首要的目標當然是：

王小石。

萬一伏不著王小石，抓住了溫柔也是一樣。

所以他們摸黑行動。

◇◇◇

他們當然伏不著王小石。

所以就只好伏著了溫柔。

溫柔中伏之際，正好有烏雲遮掩了月華，天地爲之一黯。

在這密林裡，可不止是一暗，而是全黑大闇了。

他們立即纏住了溫柔，扣拿住驚慌中的她，要迅速藉地形遁走。

可是走不了。

可惜走不了。

因為一人攔著了他們：

是一名大師。

大師揹著兩口行囊，手裡拿著支禪杖，禪杖上有九個圈環，一抖一動，便豁琅琅的響。

大師第一招卻不是用禪杖。

而是用手。

用手一揪。

這一揪，便從這「大四喜」手裡搶走了溫柔，四人還待追奪，便遇上了大師的禪杖。

四人各用最陰毒的招式和攻勢，纏上了大師。

可是沒有用。

這時雲已破、月已出。

月照大地。

溫柔已脫險。

王小石已站在她身邊。

郝陰功攻三枯的頭，三枯輕輕揮杖，擋過了攻勢，反擊郝陰功的頭。白高興搶攻三枯的背，三枯輕輕化解，讓過了來勢，反打白高興的背。吳開心猛攻三枯的下盤，三枯一一躍避，踹足飛蹴吳開心。泰感動要封住三枯的禪杖，三枯手揮目送，杖影如山，把泰感動封死在他的杖法裡。

四人雖如鬼似魅，但大師只揚聲叱喊：

「明頭來明頭打

暗頭來暗頭打

四面八方來旋風打

虛空來連架打

人來人打，妖來妖打

神來神打，鬼來鬼打

不來不打，來了就打

我嘍！打打打打打打打！」

只見郝陰功動手，郝陰功捱打。泰感動出招，泰感動捱打。白高興搶攻，白高與挨打。吳開心想攻，吳開心挨打。

四人盡皆捱了打。但誰都沒死，更沒傷，亦沒流血。

顯然是三枯大師饒了命、收了手。

打著打著，「大四喜」四人情知不妙，打下去也只是挨打的份兒，對方若要殺他們，他們早死到黑森林白森林黑白森林去了，於是互打眼色，皆知勢頭不對，扯呼一聲，各自滾的滾、遁的遁、退的退、蹓的蹓，全逃得影兒不見去無蹤了。

三枯也不追擊，只拄杖微笑。

月華下，他衣白如雪，像畫裡人物。

然而梁阿牛卻正風頭火勢，殺意未消，提一對牛角要去追殺那四人。

王小石勸道：「窮寇莫追。」

梁阿牛兀自氣忿：「這幾個狗日的已跟蹤了咱們一大段時日，幾次暗算不著，而今差點還害在他們手裡，都讓他們要走就走了!?」

三枯大師伸手攔住梁阿牛道：「得饒人處且饒人吧，他們到底也沒得手，我們何必殺人?」

梁阿牛猶自不甘，「難道要等他們得手殺了咱們的人才來還手?你是出家人，戒殺，我姓梁的向來一天殺七人八人不眨眼，殺七十八十不眼紅，殺個七八百兒的也不手軟！」

三枯只勸道：「要是他們不怕、不改、不知悔，遲早還會再來偷襲的，那時再殺不遲，不必急在一時。救人宜急，不急就救不了人；殺人宜緩，一緩或許能多饒一命。」

梁阿牛氣猶未消，火仍在冒：「饒這種雜種幹屁？又讓他們究子孱子的害人去了麼！」

三枯不禁皺了皺眉，只說：「阿彌陀佛，咱們總不能因爲這樣就名正言順的先去害人命吧？」

梁阿牛手上那對牛角咔嚓一交，竟敲擊出星火來：原來他在牛角邊上都鑲上鋒刃，大概是嫌牛角不夠利不夠銳，生怕刺戳下去人沒死得成吧？

王小石有意岔開他的話題：「你這兵器好別緻，江湖上除了你誰也用不稱手，非但是奇門兵器，還是冷門武器呢！」

梁阿牛看了看自己手上的牛角，居然大嘴巴開闔了幾下，一時竟說不出話來。

何小河哼聲道：「那是他的寶貝！他家有一頭牛，養幾十年了，養出感情來了，一旦死了，他比死了老婆還傷心，從今也不喫牛肉了，把牛角切下來，當兵器用了，用它殺人，萬一敵不過，感情就用它來自戕吧！」

梁阿牛感激地望了何小河，道：「牠是我家養的老牛，我叫牠做『阿忠』，咱梁家三代人都看著牠長大、變老、最後死了，牠鞠躬盡瘁，已通人性。牠比忠僕還忠。牠死了，我留著牠一對牛角，這輩子都隨我生來死往。有了幾十年的感情，那是割不斷、捨不了的，人能有幾個幾十年？我另外還有一支牛角，那是遇上一頭病斃犀牛的紀念。不到生死關頭，我還真不用上它。奇怪，我叫阿牛，我屬牛，伴我的，是頭牛；小時住也住在『牛角頭』墩子上，遇上的是頭有靈性的犀牛，兵器是牛角，脾氣也牛強得很！」

他居然說著拐了個彎，又回到忿忿未平的主題：「我的牛角既已拔出手，不沾血是不空回的。牠已好久沒飲敵人的血了！」

「那容易，」三枯一面趁著月色爲大家引路，談著聊著已輕鬆步出密林，再也不見暗算伏擊，「讓我給牠喝點血吧！」

說著，竟捋高自己左臂袖子，右手纖指一揮，「哧」地標出一道血線，三枯用指按住傷口，將血濺射到牛角尖上，只聽滋的一聲，還冒了股綠煙，那牛角可真的會吸血似的，三枯猶溫柔地道：

「這樣，它飲了血，你也不會想不開了吧？」

梁阿牛沒想到三枯大師竟會用自己的血來讓自己的兵器飲血，一時怔了怔，只道：「這……牠再渴也不飲自己人的血！大師這又何苦呢！」
三枯抬眸平和的反問：「自己人的血和敵人的血，不都是人，都是血嗎？」
梁阿牛只說：「我只是心頭氣火，要殺人洩口氣！」
三枯凝眸溫聲道：「那你此際心頭的火澆熄未？」
何小河卻蔑然道：「只是心頭火起，卻吹什麼牛皮，說什麼牛角一出、非沾血不回這等話兒，那天在六龍寺蓮池畔，你不也拔出牛角卻滴血未沾的收了工、交了貨嗎！」
梁阿牛本因三枯滴血，已氣消七八，聽何小河這一輪搶白，又臉上青陣白陣，瞀氣言語不出。
方恨少卻在此時更正道：「這妳就不該深究了。俗語有謂：『文人多大話，武夫吹大氣』，有時爲自壯行色，自重身價，多講幾句豪話放語，什麼：『本人不殺無名之輩』、『刀一出手，例不虛發』、『老夫縱橫江湖四十年，未逢敵手』、『我教你後悔你娘爲何把你給生出來』之類的話，難免出口成章，說了也不覺誇張，不說還真若有所失呢！」
何小河狠狠的盯了方恨少一眼：「我沒說你，你卻來當架樑！」
方恨少舌頭一伸，霍地開了摺扇把顏一遮，道：「對對對，我多說了，多話了，多事了，明兒剪髮的時候一齊把舌頭剪了。大師，你還在淌血了，也不拏金創藥去止一止血！」

何小河卻仍盯著方恨少：「你又好得那兒去？文人老愛吟詩作對，舞文弄墨，有個屁用？爲殺敵，寫幾個字就能教胡馬渡不了陰山？爲民除害，拏支筆可以教訓強梁匪寇？贏利尚且可進民生，勞作亦可促進收益，你這種文人除了酸溜溜、陰惻惻、計這謀那的而又不敢明刀明槍明目張膽的去爭名奪利，算什麼人物？卻來批評我、踩我腳眼上來了。」

方恨少這下捅著了火山口，只在吐舌：「不敢，不敢。」

又嚷聲直叫：「大師，大師，快裹傷吧！三百頓米飯，才貯四滴血，千萬莫要折損了、白流了！」

何小河兀自氣虎虎的道：「小兔崽子！壞鬼書生！既找上了我老天爺的碴，卻不敢嗑下去，算那門子的種！」

方恨少陡地翻跳了起來，卻又忍了下去，只向班師咕噥道：「唯小人與女子難養也！唯小人與女子難養也！」

班師見這場面唇槍舌劍，那敢作聲，還退了小半步。

但方恨少的話還是給何小河聽入耳裡了，又衝著方恨少斥道：「什麼小人與女子難菘，養你個頭！你們男人就好養了，管著吃飯，還要理他喝的，喝著吃飽了撐著，又想齒的。你們男人跟狗呀牛的有啥不同，難道好養了!?給草不吃，晚上還沒學會吠呢！」

梁阿牛忽叱了一聲：「別罵牛！妳罵別的我不管，就別罵牛！」

何小河唬地一句：「我就知道牛是你的禁忌，但我可不忌諱這個，你不給說，我偏說，你奈我何就奈，不奈我何我還是何小河！」

她一個女子，連開兩處火頭，卻仍是風勢不減，見陣罵陣，處處針鋒。

方恨少只巴不得找到別的水源頭好澆火，他習慣了跟唐寶牛唱和，抓住他就說：「咱們不管阿牛，就問你句寶牛的：剛才溫柔就在你身邊失陷，你怎麼不出手搭救搭救，你這袖手不理，就不當俠士吧，也總不成連人不當了！」

唐寶牛仍是神情木然，但卻很快有了反應，作了回答：

「我救人？我連自己都救不了，只會害人。我不想連溫柔也害了。我救那個就害那個。」

他縱在答話，神色依舊木篤。要說有表情，也只不過在木然之色中帶點譏誚，看了更使人心寒。

方恨少只是跟唐寶牛多年來胡鬧成了習性，一旦應敵時也不覺要與他拌嘴呼應，但這些天來唐寶牛都不瞅不睬、十問九不答，已成常事，方恨少這下見何小河紅火烈焰的，惹不過，便隨意向唐寶牛這麼一問，沒料唐寶牛還真的答了。

答得還這般無情：

這豈不是見死不救麼!?

這還算是唐寶牛嗎？

這下方恨少可呆住了。

何小河跟梁阿牛聽了這回答，忽也罵不下去了：人都變得這樣了，還有什麼可罵的！

卻聽三枯大師說：「入了黑再見光，浪子回頭金不換，真金不怕洪爐火，今兒大家都不免火燥了些，可別真的傷了和氣了。滅卻心頭火自涼，路還長遠著呢。」

他自深藍色的褡褳裡掏出了一口爐子。

紅泥小爐。

那小爐才一見風，就溢出濃濃的藥香味，又有點像牛吐出來反芻時的味兒。

羅白乃見了，忍不住問：「你褡褳裡可真是什麼都齊全哇！刀有劍有藥有的，總不成棺材也有一副？」

三枯笑笑望望天，看看地，「棺材早就備著，用不著身上揹著。」

說著他又再捋上了袖子，將白生生都如截藕的玉臂貼近小爐，然後用火苗子在爐裡點了點，那藥香味立即就更濃郁了，香得像人人都灌了一肚子的香菇熬湯一般。

只見他臂上未乾的血漬，一挨近了紅泥小爐口的煙兒，那血痕立即凝成了艷紅色的珠兒，滑落下來，滴入爐口裡，竟發出清脆地「叮」的一聲，十分好聽。

很快的，三枯臂上只剩一抹痕，連血口兒也不復見了。

眾人十分錯愕，驚疑的問：「你這是什麼寶貝兒？遇血成珠還是見血封喉的！怎麼藥未到就病除了，不用妙手已回春了！」

又見滴落到爐口上的血珠，一下子又轉成了白色，就跟珍珠真的沒啥兩樣，羅白乃不禁又問：

「那滴在小火爐上的血呢？怎麼變成珍珠了!?」

三枯一笑，拈去那一顆白珠，揉成粉末，置入爐下的灰坑裡，只說：「那有什麼血？都化作雪了。誰留得住雪？水總是要流的、會乾的。」

七 天行健

大家已出「黑森林」，都認為那兒一旦烏天暗地，兇險難防，不過看來敵人也並不算動了主力下了重手。

唐七昧只冷笑道：「這不過是其中一關罷？決生定死，還遠著呢！」

這次到溫柔忍不住問：「你說還有兩三道『黑森林』這樣的關卡，可是真的？」

三姑平和地道：「當然不假，要到小石頭指定之地，至少還要過：猛虎閘、奪命斜、擺命直這幾個要塞。」

溫柔是「見過鬼怕黑」，領教過「黑森林」這一團黑，她可膽怯了七八分，所以也顧不得人訕笑，只畏怖的問：

「那又是什麼地方？比這兒黑嗎？」

三枯含笑道：「不黑，不黑。」

這時際，王小石忽湊近三枯，幾乎就在他白生生的鬢邊耳畔，說了幾句話。

三枯臉色微微一變，也在王小石耳際頸邊，輕輕的說了幾個字。

然後一個點點頭，一個搖搖頭，似十分的有默契。

他們說什麼，溫柔可沒聽見。

聽也聽不見。

沒聽見的溫柔，也不知怎的，心中忽然毛躁起來，心忖：

幸好兩個都是男的，要不然，這般親暱的說話，神神祕祕的，慌死讓人聽去，豈不——

卻又回心一想：

這死三姑陰陽怪氣的，誰知她（他）是男是女!?

這一思忖，可就更火滚火燒了，就是眼前再來幾闋黑森林、白森林、紅森林的，她也不要人伴，孤身隻闖了——

◇◇◇◇◇◇

就在溫柔火躁、王小石與三枯似在溫馨密語之際，有兩人也正在交頭接耳、交換了些感想意見：

羅白乃低聲先說：「師父，你有沒發現：這位三姑倒滿會變戲法的。」

班師倒沉著聲道：「戲法？別小覷了。」

羅白乃一向知道他這個師父或許武功不算太高，但閱歷和眼光卻非同小可，當下便問：「師父有啥發現？」

班師之道：「他的杖法。」

羅白乃虛心問：「什麼杖法？那是天下無敵、世間少有的杖法嗎？」

班師之：「不是。」

羅白乃更虛心了：「請師父指教。」

班師道：「他根本沒用杖法。」

羅白乃道：「他剛才不是施杖法擊退四名伏擊者嗎？」

班師：「那是隨手而出的杖，而不是杖法。」

白乃：「你是說：他刻意隱瞞了他的實力？他不施杖法就輕易擊敗了『大四喜』嗎？」

班：「至少，他隱瞞了他的杖法。」

羅：「為什麼？」

師：「一，他不想暴露他的真正身份。二，他不想洩露他的杖法。」

徒：「他有什麼好遮瞞的？我們不是一路人嗎？」

師父：「他一定有他的理由，而且，我看他隨意出手幾杖幾式，就使我想到……」

徒弟：「想到什麼？」

班師：「『天行健』。」

白乃：「『天行健』？」

班師之：「對，『天行健』。」

羅白乃：「天行健是什麼東西？」

班師之嘆道：「『天行健』也不是什麼東西，只是古已有『天行健，君子以自強不息』這句話而已。」

羅白乃仍不明所以：「——難道師父認爲三姑不是個君子？」

「也許我想錯了，也許是我過慮了；」班師之忽一笑道，「畢竟，三枯是位出家得道的大師而已。」

羅白乃百思不得其解，只嘀咕道：「她當然不是君子了。我看她是個女人，女人又怎會是君子？」

班師之知道這回他這個聰敏過人的徒弟，因限於學識、閱歷，沒把他的話聽懂。

大凡一個人再聰明、機伶，才情再高，只要見識、學力、經驗有限，再天才也無法突破自身的限長，超脫昇華的去觀察判斷事理是非，這是殊爲可惜的事。

就連羅白乃也不例外。

不過，不知道也有不知道的好。

世上有些事，知道得太多、太深入、太分明，反而會不開心、不愉快、不幸福。

◇◇◇

另一對人物的談話卻很簡短：

方恨少：「三枯大師的藍色褡褳，要什麼有什麼，但不知他的紅色褡褳裡卻是什麼？一路上，也沒見他開過、用過。」

唐七昧：「有人曾用一座城池來換一個『縱劍魔星』孫青霞，有人曾用三十萬兩換王小石手上一塊石頭——至於三枯大師背上的褡褳，我們還是不要知道的好。」

方恨少迷惑地問：「爲什麼？」

唐七昧意味深長的道：「因爲我們換不起。」

然後他又別有意味的問：「你有沒有發現，我們這一路來行行重行行，到頭來會走到哪兒去？」

方恨少怔了怔，道：「不是要遠離京師，逃離追捕嗎？」

唐七昧負手看天，悠悠的道：「本來是。不過，再這樣走下去，只怕不會太久，就會回到原來的地方。你還沒發覺麼？」

◇◇◇

至於王小石和三枯大師卻又在溫柔身前交換了一句什麼話呢？

王小石：「你看出來了吧：小河和阿牛最近火氣盛了許多？」

三枯：「有。難道是……？」

王小石沉重的點了點頭。

三枯悲涼的搖了搖頭。

稿於一九九三年十月四至五日：武漢陳文昭寄來「讀者報導」：「溫瑞安走紅書市」一文／不留鬚了／久

旱逢甘霖／淑儀入Fax／浩泉傳真／琁F貼心／羅維論評我小說／上海讀者謝晟來信讚許我作品／電影「殺人者唐斬」新廣告／方聯繫簽訂《白衣方振眉》等書已妥定／商報葉永順約寫專欄／張繕寄來冒名書《碧玉嬌娃》（西南交通大學出版）／與蘭君、何花痴、一篤嘢梁君悅酒店會汪容霞，簽訂四川友聯圖書出版《落花劍影》等書，並收取定銀／羅立群來信欲出《梁癲蔡狂》、《金梅瓶》、《愛國有罪》等書／與寥湮、豬小弟、何無梁、審死鐘慶祝於「避風塘」、「竹家莊」、麗港酒店，小迷胃痛，分別獎賞／遇李惟／只K不T無趣S。

校於九三年十月廿九日：萬盛王傳真交待叢刊八書賬目及「海天版」：《刀》、《劍》、《槍》的細節／驚悉梅艷鐘疏忽乃至父悼圖文刊出失誤，令人遺憾／小彗星與洋人拍拖，事已至此傷近絕，夏雪冬雷情轉空

第十七章　認眞棧

一　那年，那時，那兒

三枯大師向溫柔提過「奪命斜」、「猛虎閘」、「攞命直」等幾個地方，他就沒有提到「認真棧」。

可是問題就是出在那兒：

認真棧。

「認真棧」是一家客棧。

一家「認真的」客棧。

說它認真，是因爲它的一事一物，從床褥枕被到起居飲食乃至沏茶的時序、痰盂的擺放、蚊帳的鉤掛、窗紙破損隨即黏好、磚瓦破裂馬上修補等等種種大節、細節都十分仔細講究之故。

在這樣一個風雅、認真、講究、一絲不苟的地方，溫柔卻經歷了一場比黑森林更黑、比美夢還甜、比中伏還驚險的情節，就在此地、此際、此情。

當然，日後他們的故事成了傳奇，後人就會說：

那年，那時，那兒。

——就在「認真棧」裡：

王小石 和 溫柔。

還有溫六遲。

「認真棧」的老闆姓溫，字米湯，自號「六遲先生」，久而久之，江湖上人人都稱之爲「溫六遲」。

他的「六遲」是有來由的。他認爲自己半生裡有六種比別人遲的：

一是他婚結得遲。儘管他很早已有親密之女友，但從來好事多磨，情海多波，每次共結連理之時，總有禍事，不是男的劫難在身，潛逃他去，不欲牽累他人，就是女的變心轉向，或遭逢意外，總是不能成親成事。

二既是他年屆四十而猶未婚，而其雙親、家人，多已故去或遠離，所以他的家也成得遲。

三是他既然成家得遲，就連生兒育女，也得一併遲了。迄今他還是孤家寡人一個，幸他廣結人緣，兄弟朋友、手足親信倒是不少。

四是他雖闖江湖得早，但成名的卻甚遲。以他的人材實力，別人沒他三成的早紅透半片天了，但他還是半紅不紫，江湖上的人聽過他的名字的算是不少，知道他厲害的倒少有；在武林中按照理、照輩份他絕對該有一席之地，偏是他不喜跟人酬酢，不喜與人交往，口碑、宣傳他一概不沾手，所以威名也僅在「認真棧」前後方圓數百里能叫得響。四十出頭不過掙那麼一點名兒，不管是虛是實，總是太遲。

五是他不但成名遲，連立業也比別人遲。他曾做過不少轟轟烈烈的事，加起來恐怕一百個江湖上享有盛譽的名俠都辦不到，辦不來，他以一人之力都辦了，但別人既不知是他辦的，知道的也佯作不知，他自己也一樣，甚至也忘了是他一手辦妥的了。直至十年前，他才開始掙得點錢，開了這一家店子，在這之家，遊蕩的多，幫人也多，但既不是什麼蓋世功業，更非立德樹位的功名，就算「認真棧」漸成氣候，已是這十年來的事。對溫米湯而言，這可又是一遲。

人要出名趁年少，越早越好，越早成名、成功、成事，越享受得了，享福得起。老了就算功成名就，卻已無福消受，耳際只聽得自己骨頭打鼓之聲漸近了。

卻還有第六遲。

這一遲是他個人的習性：床起得遲。

他不習慣早起。

早起很辛苦，沒精神，何況他鼻敏感，每逢早上，猛打噴嚏不止，一打兩三百個哈啾，居然還是等閒事耳。

他雖然自嘆命舛，樣樣比人遲，但他有個同姓叔父，卻告訴他事情想不通時，不妨倒過來看。要是還想不明白，還可以局外人去看、局內人來想；再要看不透，解決不了，不妨把「問題」推一堆，看它倒不倒？踢一踢，看它有沒反應？還大可以打它一拳、頂它一肘、咬它一口，淋它一身濕、燒它一屁股煙，看它會不會變形遁走、自動消失？

那位叔父的說法是：六遲其實是六多：婚結得遲，是自由自在，多快活。無兒無女，不必爲養兒育女煩纏，多省心。成家太遲，可謂了無拘束，多逍遙。名成得遲？如此正好可免盛名之累，多方便。立業太遲，實在是件好事，大器晚成總比中年破敗的好，多穩實。起床過遲，更是好事，這叫有覺好睡，自求多福。

這六遲先生聽這位同姓叔父這麼一勸，想想也挺有理的，他卻有個姓戚的俠義之交，情同兄弟，說法近似，卻更離譜，他說：

「就算是人生三大悲事，亦可作喜事看。可不是嗎？少年喪父，大權獨攬。中年喪妻，送舊迎新。晚年喪子，以絕後患。你這才六遲，算啥？」

溫六遲見這摯友曾遭斷臂之劫、失戀之苦、而又曾飽經一手創下的大業卻一夕之間叫親信知交一手加害毀敗，語鋒難免偏激了些，便不忍深責，但這曾叱吒風雲、號令俠道綠林大幫的落難劍俠卻拂拂自己沒有臂膀的袖子說：

「你別同情我，看我斷臂殘廢。我少一隻臂胳，正好可練『獨臂劍法』。我身畔既無美妻、紅顏，正好可盡情放浪形骸，夜夜狂歡。我給眾叛親離，家破門毀，正好可孑然一身，逍遙快活，做我要做的、該做的、喜歡做的事去！」

溫六遲是個溫和的人，他當然沒他這位朋友的偏激心情、激越意氣，還有激動語態。

他的志向很小，小的只希望能開好一爿客棧，他已覺得不虛此生、不枉這一輩子了。

他對別的武林同道爭的什麼個奇書、寶物還有天下武林第一、什麼一統江湖、天下無敵的封號，心裡頭看不起，口裡頭也忍不住嘲笑：

「爭這個作甚？秦始皇也爭不死藥，結果死了沒有？連命都保不住，一下還有啥是寶物？學了秘笈又如何？還不是要死！萬一給人橫搶強奪，倒連命兒都早些送掉。武林第一？要來作甚！天下無敵？關我屁事！這時候還爭這個，不如掙點銀子，讓自己和大家活好一些才划算！」

他是說給一手栽培的親信、兄弟、手足、摯友：孫黃豆、余扁豆、何蠶豆、梁綠豆、詹黑豆、余綠豆、陳大豆、羅小豆、譚紅豆這些人聽的。

——這些人當然不是自出娘胎就叫什麼姓××豆的，姓倒當然是原姓，那「××豆」只是暱稱。

暱稱就是一種親切的稱呼，就像你對身邊熟悉親近的人叫「老陳」、「小方」、「老猴子」、「小倩」、「阿貓」、「豬小弟」一樣。

因為相熟、相親，才會暱稱，才有小名。不熟不悉陌不相干的，你敢劈面叫他大頭、龜囡、鴨屁股麼！

就是因為熟悉，所以這干兄弟們都很願意聽這「溫老闆」的話。

原因無他，也有六種：

一是聽了他的話有道理，聽了不但可以有好處，也可以得到益處。

二是他的話是經驗之談。大凡是過來人的話，聽了可以作借鑒，至少可減免錯誤。

三是溫六遲口才不錯，一向把悶話說的很好聽，很有趣，一點兒也不悶。他們都喜歡聽。

四是溫六遲本就是他們的老闆，有時候拍著桌子大罵，他們想不聽都不可以。

五是溫六遲跟他們私交甚篤，他們極樂意去聽這樣一個良朋益友至交長輩的話。

六是他們心底裡本就同情溫六遲孤家寡人，讓他信口開河的發洩一下也好；再說，溫六遲的話他們在同感之外，大都十分同意。

四十以後的溫六遲也別無大志，糾集了這些人，便開了這家客棧。

開這家客棧可以說是他由來已久的心願，亦不為過。

主要原因是，溫六遲早年遊浪江湖、闖蕩歲月，去過不少地方，住過不少客棧，從京華名樓到露宿街頭，不管馬上休歇或餐風飲露，他都試過。

他發現旅人想找一歇息安枕之地，實在太不容易的，就算大都名城的客店住處，儘管門面裝飾工夫到家，但裡面卻不見得能使旅客安息歇腳，反而常是應有的沒有，不應有的盡有。

有什麼？有時候，客店房裡居然有的是蟑螂、虱子、蜈蚣、老鼠、甚至兩隻烏龜和一條大蟒蛇！

別的不說，要香皂，沒香皂，只有一大團黏黏糊糊還冒著泡濕漉漉的膠乳物，聽說便是肥皂——你教人怎敢把那不知是年前鼻涕還是過時精液的事物塗在身上？

上茅坑，不自行取塊磚頭墊著下邊，你便形同將屁股蹲在糞水上，這還不打緊，橫空還飛著糞坑蒼蠅，什麼綠頭的、紅頭的、藍頭的、金頭的全都到齊了，連最新品種色彩斑爛的花頭蒼蠅，都老實不客氣的，各帶異味也各攜（牠們）「食物」往你臉上、唇上乃至眼珠子上才一駐足，就地大啖起來。

這還不要命，要命的是要廁紙沒廁紙，在那種荒疏的年月裡，在那種時分，在那兒那樣子的地方，你只有三個選擇：

一就地取材，用褲子、衣服還是襪子什麼的。

二還是就地取材，用手解決。

三仍是就地取材，就是用別人用過的「紙」。
不過還有一種方法，倒不必「就地取材」的，甚至是完全「不取材」：
那就是痾了就算了。
不清潔只是髒，一時三刻只是臭，倒不會死人的。

◇◇◇

住這種客棧，其慘情可以想見。
溫六遲卻一一嘗遍。

二　山雨欲來豬滿樓

當然，也有些旅館、驛站、客棧是有管理的、優良一些的。但好一些不代表就滿意。溫六遲住過些客店，總算有草紙、肥皂了，但一口喝送上來的茶，才發現滿嘴都是酸的。打開壺蓋一看，還沒看到茶葉屍，已見浮滿了厚厚一層的小蟲屍。

就算茶葉是新的，水也不夠開；有家茶葉好、水也夠沸，但茶杯裡的白瓷黏上一圈又一圈的污漬，磨爛指甲刮也刮不去。

茶水都好了些的，也知客人怕蚊子叮，還掛了床蚊帳。到了入夜，以爲有場好覺可睡了，誰知一跳上床去，床板塌了，老公跟女兒還有孩子都跌了個半死不活的；這才把蚊帳一放，誰知天羅地網，連同三百一十二年前的灰塵，一齊罩落在自己一家子的身上，那時始知什麼叫做：天網恢恢、疏而不漏。

說起不漏，溫六遲還遇過有面相貌堂堂的蚊帳，像喜帳一樣，紅堂堂的，又新又穩固，一放落下來，卻見破了屁股連腰大的一個洞，到了適當時機（譬如帳內人睏著了之際），蚊子都從那兒大軍殺到，你翻身坐起，堵洞血戰，真是寸土必爭，一步不讓——那蚊帳經歷人世滄桑二三十年下來，紅彤彤的都終變作灰孱孱的了，偏就是這破洞沒修好，讓每一夜每一床每一代的客人持續人蚊大戰。

這漏洞還不是要害，要害的是瓦頂漏水，遇上夜雨（更不必說是連夜雨了），張嘴睡的客人喝了一口天降甘霖，不張嘴的客人卻幾乎給溺斃——原來一夜無話卻有雨，房裡水漲床高：淹水了。

這還不打緊，同樣是「漏頂」，同是個張嘴睏著了的客人，第二天起來，還裝了一口尿：當然不是他自己的，他自知射程不致如此勁急，而是樓上房客有位童子尿床還是痰盂破了個洞，他是承先啓後、久旱逢甘霖的一位而已。

就算是京城豪棧，也不見得就完美無缺。

像溫六遲那麼遲睡遲起的客人，他睡的時候已開始聽見樓下叫賣、喧囂、一場覺連場夢裡盡是市肆裡的臭話粗話連篇，連某嬸買那塊布三緡三老闆說三緡六阿嬸說三緡四多過三緡四就不買老闆說三緡五啦三緡五就可以賣……全入了夢也入了腦更入了神，你叫他第二天怎能做事、算賬、頭腦清清醒醒？

睡的時候，甚至連樓上的屎味、樓下的燒包味和街上的人騷味都嗅得一清二楚，甚至店老闆有理沒理、已找人晨早拍門、看隔壁工匠修瓦裝欞的，砰砰砰，教他怎睡得安穩？一覺睡來當真是千軍萬馬，血肉橫飛，直箇世界如一場大夢，醒來可不知人生幾度秋涼，還是十分悲涼了。

溫六遲還有個紅粉知交，叫做陳張八妹，曾跟他投宿住店，因有潔癖，睡下去，便發現了枕頭有血漬（不知是牙血還是吐血）、被褥中下部位也有褐跡（不知是經血還是處女血），蓆上沾滿一塊塊、一粒粒，既似是耳垢又像是老泥（人體身上的皮層脫落之物）的東西，抹掃之時，才發現竟是蠕蠕會動的！

於是她睡不下，只好夤夜起來打掃抹拭，務要弄乾淨才睡，結果：她收拾好床鋪便抹桌子，揩好檯子去擦窗子，拭好窗子就去洗床單，洗完床褥之後天已大亮了。

她沒睡過覺。

只爲那家客棧做了一夜苦工。

第二天她可學乖了，也聽了溫六遲的勸解：這是別人的房子，妳洗洗來作甚？今天弄乾淨了，明兒卻還得是要髒的。

她決定這回連窗簾子破了也不管，躺下去就不再動手動腳了，但腳踝上卻叮了一條蟲。

給蟲咬總不能袖手不理吧？何況吸的貨真價實是她珍貴的血，原來肥肥白白像條屎蛆，吸了就像充了血，就像男人的那話兒。

所以她再睏也只好打起精神，挑燈夜戰，掀被敲板，果然發現這蛆蟲是有隊伍的，一直追索到牆邊，竟然還發現了除了蟲道之外，還有一條蟻路，從牆這邊一路通到隔壁房去，於是，陳張八妹又只好到處「打點」（半夜要找到這些殺蟲粉／水／藥的，還真不容易），翻牆撬磚的，好不容易才斷了蛇蟲鼠蟻的來路（她進步了，這回不管牠們的去路了），扯下蚊帳，總算沒破沒爛，以爲可睡上雞鳴後大約一個時辰的好覺，卻猛一眼，瞥見蚊帳的紗網中只見破窗簾裡有一對眼正在偷窺！

她頓時尖叫起來。

——雖然那雙眼睛的主子到底是人是誰，到底在尖叫發出的刹那便已消失、不見了，無從追究，但陳張八妹從此以後，是怕了客棧這兩個字。

可是溫六遲卻不然。

他是個旅人。

浪子。

儘管他是個「超齡」或是「高齡」的浪子，但浪子畢竟是浪子，他仍喜歡客棧、旅驛、酒店（有些「酒店」，倒不定賣酒，但可以讓人住店）——儘管名兒或有不同，可全是一個意思：

讓旅人有個落腳的地方。

溫六遲認爲這裡邊就有了意境，且意境很美。

可惜這些客棧旅店氣氛卻多不如何的美，縱有美處也教不善經營的人一手破壞無遺了。

小旅館是毋庸置疑了：那是個用來考驗人是不是能回歸到野獸、洪荒時期生活的地方。

比較中級、優秀的客店也不必有期望：只要能當客人是人，那已經是慈悲爲懷的了。要當是客，除非有大把的銀票——自然還得小心到入夜後沒個幪面匪給你喝蒙汗藥吹迷香一刀把你砍個人頭落地才行。

就算是馳名遠近的客棧，裝潢華貴，氣派非凡，卻也不必一廂情願的以爲它客似雲來就受到熱情接待。有的著名客棧，卻地處偏遠，也就是說，它之所以名聞遐邇，是因爲在該處只有它最好（或只有它一間）。

溫六遲就住過在草原上的一家「名店」，有次風雨前夕，風沒來就來了一屋子的飛蛾，溫六遲幾不能呼吸，差一點就給飛蛾嗆死了。另一次是在沙原上遇暴風雨，風雨未至，這回幾乎嗆死他的不是蛾，也不是蚊子，而是大粒大粒像蠶豆一般的砂子。

他也有次夜宿於大原上享譽已久的客店裡，又走遇上風雨交加，這回沒虱子、飛蛾或砂子，而是滿店子都塞滿了：豬。原來這家名客棧同時也在附近養了不少豬，怕豬受不了雨打風吹，故在山雨即臨時將大豬小豬，全趕入店裡，避風躲雨。

這回豬可好了，人呢？

就算大地方的名客棧又如何？它的氣派只氣派給它自己的氣派看，也就是說，它的樣子和規模唬人、嚇人，但唬的是客人，嚇的是客人的錢囊。

它並不是爲客人服務的。

它規模大，並不代表服務好，反而是用以作爲瞧不起客人的條件。

要在山野小客店，瞧不起你的只是小夥計。一般較好的客棧，瞧不起你的卻是店老闆。但在這種豪華、高貴的大客棧裡，瞧不起你、看不起你的卻是店老闆、小夥計乃至同住店的其他住客！

沒辦法，一隻狗跟一隻貓在一起，貓得要讓那狗。一隻狗跟另一隻狗在一道，至多大家互瞧不順眼。但一隻狗落入一群高貴、好種的狗群中，這隻狗還不如那些好狗的身上的一塊癩痢。可是不管怎麼說，溫六遲總是愛客棧。

他認爲客棧是予遊子駐足之地、讓浪人有個暫時的歸宿。每家客棧都是一個天天變化、奇情、有趣的大家庭，每間房的每一天晚上，都有它的故事、主角和艷遇。

他喜歡客棧。

所以他開客棧。

他的客棧有特色：收費不貴，豐儉由人，一天到晚，從夜入晝，全提供食品、炊事、茶水、服侍，且還在每間房提用墨硯、刻章、信封、用箋，客棧還有郵驛、保鏢、巡城、甚至貴重物品代爲保存之服務，更令溫六遲多年旅次生活所感悟出來切需的提供：冷溫熱水全日提供，必要時，還可在隔壁同屬溫六遲經營的「紅潮新築」裡挑個如花似玉的去暖被暖枕暖身子。

他不覺得這有甚麼不好。

他自己不興作這個，他可不認爲其他的來客（且八成以上都是男子，而這些人中六成以上都是獨身漢子）也不興這個。他連每天沏茶的都講究。

他甚至連來客的家眷都特別請人看顧：所以在這東南名城裡，沒有小偷鼠摸能入這「認真棧」搶劫偷竊，甚至連稚童子兒也不會遭人拐走、迷失。

是以信譽佳。

他這麼一個人，在這兒開了一家客棧，似乎是不值得大書特書的事。

可是，無巧還真未必不成書——因爲信實寫來，生活就是一本本精采的書——但沒有了溫六遲這個人和這家客棧，往後的還真不成書了。

因爲他雖然折騰了大半生，是掙了些銀子，但不致富有到可以獨營這偌大一間客店。

這「認真棧」是有人合資的。

與他合作經營或付錢投資的，當然都是他的朋友。好友。

前文提過他的兩位好友：姓溫的叔父和姓戚的摯友，自然都在其中。

◇◇◇

而就在這一日，王小石等一行十人，正好去投店。

投了這家店。

三　沒有會賺錢的傻瓜

王小石這一行人抵達「認真棧」，是「黑森林」遇襲後三天的事。

這幾天他們跋山涉水的，特別累。

他們生火野宿、棲樹眠洞的，連月來都幾乎沒好吃的、沒好睡的、沒好歇息的。

終於他們來了此處：

認真棧。

三姑大師與溫六遲是素識。

王小石與「認真棧」也似有段淵源。

所以他們來到這裡，如同回了家、返了鄉。

實際上，這兒離王小石的家鄉確也不遠。

誰都知道過了金寶縣就是美羅鎮，到了美羅，以前天衣居士教王小石學藝之地：「白鬚園」還會遠嗎？

——難道王小石取道「六龍寺」、「黑森林」、「認真棧」等地，為的就是要重返他出生和出身之地，在那兒重溫他的棲息？

人在世間，總會有個地方讓他棲止，讓她休息。

只是這棲息之處何在？哪怕只是方寸之地，只要有，便在風雨淒其、山長水遠的人生路上，可以放下重擔，卸下行囊，好好的休歇養息，好好的思省鬆弛自己，養精蓄銳，再重新去面對挑戰打擊。

要是你已有了這方寸之地，哪怕在家裡、心中還是腦海裡，那都是好事，恭喜你。但若是你還沒有，請趕快培養／找出／尋覓／經營那麼一個所在，否則，在過度的壓力與衝激之下，你的心力遲早難免要衰竭。

人最寶貴的是健康。

人最重要的是快樂。

人要輕鬆才能快樂。

人最快樂時是施予。

王小石現在就很快樂。
因爲他一向能保持輕鬆。
而且此際他正在施予。

◇

施予的方法有很多種，以金錢解人之窮困是一種，以武力保持弱小也是一種，以智慧學識爲人排難解憂，亦是一種。

這種事，王小石常做，且還做得不亦樂乎。

此際他做的，只是語言上的開導，因爲羅白乃在思省了幾天之後，終於忍不住過來問他：

「我有一事，憋在心裡已久，你可不可以爲我解一解？」

說著，他黑白分明的大眼睛眨一眨，又眨一眨，很真誠可愛的樣子。

王小石看了就笑了：「你說說看，我解解看，你考考我看，我試試看。」

羅白乃就說：「那天『大四喜』突擊我們，三姑一面應敵，一面大聲叱喊什麼：『明頭來明頭打、暗頭來暗頭打』的，那到底是啥意思？是咒語嗎？還是氣功？獅子吼？在那時喊出來，有什麼意思？那什麼這兒來那兒打、那裡來這裡打的，可有特別的意思麼？」

王小石道：「你當他說了句白話、空話，也無可不可！」

這回羅白乃倒是奇道：「這裡邊不是有大學問嗎？怎麼又可當是廢話了。」

王小石笑道：「不是說過了嗎？平常心就是道，大道理常就是廢話。可不是嗎？大概你師父必然曾諄諄勸導過你：好好練功，他日基礎才能深且厚吧？」

羅白乃點了點頭，「但我不一定聽得進去。」

王小石又說：「那麼教你認字的夫子也必然教誨過你：好好讀書，他日才可有大作爲吧？」

羅白乃只好答：「有的。可我不一定相信：許多做大事的、發大財、練成絕世武功的人，都不一定唸過很多書。」

王小石道：「這就是了。你師父和老師教你的話，你都不一定聽信，可是，裡邊卻有著大道理啊。不能令人信服的大道理，豈非與廢話無異？這樣說來，六龍三姑邊打邊說的話，也可能只是些毫無意義的贅詞而已。」

羅白乃眼裡的兩朵星光又霎呀霎的，道：「我明白了。你的意思是說：說什麼並不重要，重要的是自己聽到了什麼、別人做了什麼、彼此之間能悟得了什麼才是要害。」

王小石含笑道：「你可說著要害了，不過，其實，也無所謂要害不要害的。要說要害，哪兒都是要害。你說只斬我一隻手指，那不是要害吧？但對我的手而言，那是要命的要害了：少了一隻手指，便連拳頭都握不成了，還拿什麼劍？寫什麼字？你隨隨便便的站在這兒，既不是山海關，也不是兵家必爭之地，當然不是要害，但對一隻螞蟻而言，那就是大大的要害了。因爲你可能正踩在牠的身上。同樣的，說是要害，也言盡不實。你一刀捅我心口，當然是我的要害了，可是就算我死了，這世間沒少了我不行的事，日出月落，星移斗轉，黃河依樣洶湧澎湃，泰山依然一柱擎天，又有何改變？那又算是什麼要害？所以，沒有要害，也沒有什麼不要害的。」

羅白乃又聽得似懂非懂，卻聽一人道：「說起要害，你看到我那要命的要害了吧？」

說話的是溫六遲。

他是向王小石突然說了這麼一句話。

羅白乃開始進入「認真棧」的時候，對這店和這店老闆都很不以爲然。

他以爲這只不過是一家隨隨便便的客棧罷了。

他也以爲這只是一個普普通通的客棧老闆而已。

直至他住下去了，才漸發現有些不一樣：

一般店家只對住店裡花錢付賬的大爺恭敬巴結，對隨從、家丁卻瞧不進眼裡。

——如果說這一行王小石、三姑、溫柔等是「主」，那麼，自己師徒兩人則絕對是作不了「主」的「隨員」了。

這點羅白乃心知肚明，十分清楚。

不過這店裡的人卻很不一樣。

店裡的人上上下下都無分「尊卑」、「長幼」、「大小」、「富貧」，只要住進店裡來的，他們都視如貴賓，待之一樣的好。

且殷勤有禮。

這點可謂少有。

在江湖上原就最重名位，這種做法算是絕無僅有。

再住下來，羅白乃就發現這兒有更多的不同：

例如店家因顧慮到客人在房裡舒適走動時的不便，所以準備好方便在房中趿行的布鞋，又在沐浴間、潮濕之地擺好了木屐，讓客人不至弄濕或弄髒了腳和鞋子，這點便令羅白乃師徒首開眼界。

細微之處，也照顧周到，這才令班師之和羅白乃嘆爲觀止：

譬如上毛廁方便，一般所用的手紙都十分粗糙，幾乎可以說：多用幾次，便要拉出血來。但這家客棧卻連這個都照顧到了，所提供的是細軟綿軟質地的紙，簡直可媲美能在其上題字寫字的宣紙和能在其間刺繡的絹帛。

班師之師徒二人享受這客棧種種方便，樂陶陶之餘，又發現住店的收費不算太昂貴，不禁笑罵低啐過這開店的人：

「這店家都傻的！這樣開店，怎麼不去服侍自己的爺去！把客人都驕縱慣了，看他是不是還免費供吃供住的，還起座泥頭塑像立座碑來紀念他！」

「這下可好了，客人以爲有便宜可佔，把這兒當家了不走了，真是傻瓜蛋！」

他們嘀咕多了，王小石聽到了一次，就笑著問了一句：

「你們看，這兒旺麼？」

班師當然不用看便作了回答：「人可多呢，簡直水洩不通。」

王小石提示道：「店家只是細心一些，對客人多些兒關照，就招徠了這麼多的客人，而且輾轉相傳，口碑愈好，風評愈佳，這就賺了不少錢財，就拿這本兒來擴充營業，加強福利，到頭來，客人受益，店家盈利，可不是兩家便宜、大家高興麼？」

羅白乃聽了，還要「死雞撐飯蓋」的說：「這家店和這傻店家的……都能賺呀？」

王小石一笑說了這麼一句話：「能賺。當然能賺。每年還賺不少，且愈賺愈多呢。記住：世上是沒有會賺錢的傻瓜的。」

——世上是沒有會賺錢的傻瓜的。

正如世上不會有白送給你的江山，從來未克服過困難的偉人，白吃的午餐……一樣。

但還是有例外的。

世上畢竟會有瞪著眼的瞎子、事實擺在眼前也照樣歪曲的謊言、有一張嘴卻不能說（真）話的啞巴。

有的。

甚至偶爾也會有白吃的午飯。

還有平白送給你的江山。

像世裔承傳的皇位便是一例：當然，也有的是似巴不得把自己本來鞏固的基業砸毀砸爛方才甘心的皇帝和領袖，他們的作爲也如同將江山奉手送人予人。

可不是嗎？

四　逃花

「可不是嗎？那棵桃樹開得多麼盛，多麼旺，多麼美，多麼香，多麼燦爛，多麼迷人；」這兒的老闆溫六遲感嘆地道：「本來，我就是爲它而來的，可是，而今又得爲它而去了。它就是我店子裡的要害。」

王小石當然聽不明白他的意思，但卻頗能領會他的感傷。

溫六遲是和三姑大師一起走近來的。三姑大師在看那一樹桃花時，臉靨也十分桃花。

他似乎看得痴了。

羅白乃仰首望他（他要比羅白乃高一整個頭），也望得如痴如醉了。

王小石雖然並不瞭解溫六遲爲何感慨，但十分明白：一個人要是有感觸，你最好就讓他有感而發的訴說一番。

——這樣，他會好受些，你會明白些，他對你也會感激些。

大家都好的事，不妨做，而且該多做。

王小石此際的原則是：該做的，就做；該說的，就說。從前，他還年少，許多事未明、未懂，他的原則是：該學的，就學；該進的，就進。日後，他準備進入壯年時，原則就變成了：該放的，就放；該玩的，就玩。到了老年，原則就應是：該退的，就退：該閒的，就閒下來好了。

人每個時期，該做那時期的事：時候到了不去做，就會追悔；時機未到卻硬要做，做了也無味。

每個時季都有不同的情懷與旨趣，正如四季不斷更遞的風景和變遷。

每個時候都有不同的契機，而且每個人都不同，每一次都不一樣。

剛才是該答的時候，所以王小石就回答了羅白乃的疑問。

現在是該問的時候，於是王小石便問：「為什麼？這兒這花發生了什麼事？」

溫六遲悠然反問：「你覺得這桃花有何特別之處？」

王小石深深吸了一口氣，用力眨了眨眼，彷彿這就不只把這株桃花的香味兒吸進肺裡，還把它的艷姿也關入了眼簾內，如此便可永誌不忘，深心記取了。

然後，他以剛才溫六遲的口吻說：「這株花開得特別盛，特別旺，特別美，特別香，特別艷，特別燦爛，也特別迷人……」

他以溫六遲的語調如此形容，係因他知道：唯其如此，才能迅速勾起溫六遲的深刻感受，以致產生契合共鳴，使對方更能說出他心底裡想說的話。

果然，溫六遲道：「這花是很出色的，它除了花開特別多，特別旺、盛、香、艷之外，它還有一個奇事兒……」

王小石問：「什麼奇事？」

「它開的是桃花。」

王小石：「當然了，它是桃花樹，開的當然是桃花，總不成開成桂花吧？」

溫六遲道：「但它長的是李子。」

王小石叫了起來：「什麼？」

溫六遲重複：「它開桃花，結李子。」

王小石一時難以置信：「有這等事!?」

溫六遲道：「確是。我就是看中這桃花在此地開得如此艷盛，結得又是異果，所以才在此處設店。」

王小石極爲同意：「看來這確是風水寶地，才致有奇花異果。」

溫六遲更正道：「奇花苦果。」

王小石不解：「是桃花李果。這應是桃李春風、桃李滿門才合理。你這兒客似雲來，客房常滿，越做越旺，是吉花祥果才對。」

溫六遲嘆道：「男兒不能太有志氣，有者易受挫折。女人不可太美，太美易落風塵。連花樹也不能太奇，太奇則易遭劫。」

王小石不明白：「遭劫？」

溫六遲道：「你聽過這兒的『花石綱』吧？」

王小石冷哼道：「又是朝廷在這兒設應奉局，強搶天地自然、天下百姓的珍奇異物，說是奉獻給天子的玩意兒？」

溫六遲也冷哼道：「都說是呈獻給開封府，但中間到底給誰搜刮了，有誰知曉？哪兒知道？但這兒的官員惡霸趁機逞暴，掛著供奉天子名義，見奇的事物就佔，見好的事物就搶，見珍見寶更恣意掠奪，只苦了天下黎民百姓！」

王小石頓時已明白了一半，道：「這株桃花已給看中了吧？」

溫六遲道：「便是。你看，樹身已加封了敕檄，誰也不得近前，誰也不可以碰。」

王小石嘿聲道：「這樹獻給皇帝？怎麼個運法？連根刨起，還是砍爲數截？這樣的花還會開嗎？果還能結嗎？樹還能活嗎？這是人幹的事嗎？」

溫六遲道：「他們硬是不管。他們就是要花，要果，還要店。他們連這客店也給封了，說是十日之內就要結業遷離，說這店沾了皇上的祥氣才能興旺，而今要全歸國有，朝廷自會派人接管。」

王小石不禁勃然大怒：「他們這算獻寶予天子？我看他們是趁火打劫，見這店能賺，想藉機侵佔才真！」

溫六遲只冷笑不語。

羅白乃側垂著頭，眼往上瞧，看樹看花，忍不住道：

「桃樹結李子，那有什麼稀奇？龍生九子，生到第十就成了蛇了。我家鄉雨寶鎮還有隻母狗生下了隻小貓，有隻貓產下了小鼠呢！敢情是牠平時近貓多了，又或是那貓兒貪饞吞得多老鼠了唄！這樹使得這兒封店結業，到底是祥物、寶樹還是惹禍的東西呢！」

溫六遲道：「我這算好的了，至少先警後兵。在拉灣村裡，有哈家池子，長了幾株王蓮，葉面上可以坐幾個小孩，這兒的小人知道了，往上報，應奉局就馬上派人來封了屋，逐走了哈大馬一家大小，一家子本來融融樂樂，而今全成了流浪漢，鬧得賣兒、賣女，妻離人散，苦不堪言。古打小屯還有一孫家，平常是做織機稱著，他造的織布機拉活起來，連叫聲也如音籟，動聽過人，人稱他為『孫叫機』。

就因爲他女兒閨房裡種了一盤吊蘭，可長於高空之中，全不沾泥塵，只靠莖鬚長垂，吸大氣水養而存活。應奉局的朱勔父子一旦得悉，馬上派人來封了那一株蘭，見孫家女兒漂亮，也擄走了，說是獻給皇上。孫叫機忍不下來，說了幾句唬話，便給格殺當堂。一家子也從此破了。所以，這些異物說來只是原來物事的變裂，是祥物還是不祥，可也難說得緊。」

王小石道：「我們這一路來，也聽聞了、目睹了不少慘事。你說的至少還真有寶物異物，但這一帶許多人家，可能只結怨於小人，可以只因有人要強取豪奪，便讓人以獻呈天子之名，進行掠奪侵害之事，真箇不可勝數。」

羅白乃仍好奇的問：「溫老闆，這花樹『蒙寵』了，你的店也給封了，你怎麼辦呀？」

溫六遲嘿笑一聲：「天大地大，哪兒去不得？只是心裡捨不得。我已委人說項，要真的事無迴環餘地，那就一走了之，留戀也於事無補了。」

說著的時候，忽聽一陣簌簌連聲，院子裡好像有什麼掠過似的，可以來自天上，又似是自地下傳來。

大家聽不仔細，但卻覺餘香仍在。

情。

三人心中驚疑，溫六遲目注院落，忽然「咦」了一聲，目中充滿了感慨與感

王小石與羅白乃隨而望去，只見院靜花香，除了一地嫣紅的凄遲落花之外，也沒有什麼特別之處。

遂而以詢問的目光投向溫六遲。

溫六遲笑了一下，笑容甚爲感傷苦澀：「那花樹。」

二人又看那花樹，卻不覺有異。

「那花樹已走了幾步。」溫六遲用手比劃原先那樹的位置，「本來它在那兒，現在它卻在這裡。它已經開始逃亡了。」

他笑了一下又道：「許是它畢竟是靈物，不想落在殺人奪寶、爲非作歹者的手裡吧！」

三人望著院子裡的桃花，有的震動，有的驚詫，有的鬱然不樂。

稿於一九九三年十一月一至三日：衛視將重播「四大名捕會京師」／沈欲為我開闢東北市場／悉江蘇文藝出版《唐斬》、寧夏人民出版《俠少》／VISA財務

處理VV方式十分「祛膊」，引致雙方誤解，可怒／購火山玻璃「綠湖」＋人造水晶「舞台」／汪有意再進一步合作／父之悼圖文終刊出／張繕寄來李敖與我「合著」之《風騷》。

校於九三年十一月三至五日，平生首入中國大陸、深圳行／狂風暴雨中一一完成提款、開戶、大進賬等事／順利去滿載回，四大一小歡樂行，發現正、翻、盜、冒版書無數，大有斬獲。

第十八章　殺死你的溫柔

一　桃花

傍晚時分，夕照在晚風裡就像洩了氣一般，而且就洩在雲氣裡，既不奪目，且帶點病氣，所以就更加艷麗好看，而且還可迫視她的動人處。

份外的好看。

桃花本來該在春陽時細覽，看朵朵招曳笑春風，最是嬌嬈。

王小石從未試過在夕照裡看桃花，今天是因爲心情抑鬱，悒結難舒，便踱到院子裡，看到桃花，才想起今午溫六遲對他說過桃花的事，不覺有點痴了。

他一路逃亡過來，領著九、十人，遇關過關，見敵化敵，也沒遇上什麼大風險，看來，他這場逃亡直比流浪還逍遙。

其實不然。

他心中一直都有沉重的壓力，且有重大的計劃要待進行，再且，帶著這麼幾位兄弟姊妹，更不能有閃失，當領袖，實在是一件累人的事啊。

——真想從此不當首領，去當個不爲人知的小老百姓！

別人看他輕鬆自在，其實，他不過是知舉重若輕，懂化險爲夷罷了。

他人見他歡笑如故，若無其事，以爲他放得開，不擔心，其實他只是以笑代泣，狂歌當哭，一天笑他一大場，百年須笑三萬六千場而已，不然又怎樣？而對考驗、挫折、困難，他只知道立身處世的十六個字：

放開懷抱

打點精神

奮鬥意志

恬淡心情

這時他便是周慮一些情節，猶豫顧慮於：「到底該不該幹？幹是不幹？」的情節上，於是負手踱起步來，一踱，就不意踱到院子裡桃花樹那兒去。

踱到那兒，見夕暉餘艷染桃紅，不覺迷惚起來，恰一陣風徐來，桃花嫣紅落紛紛，王小石看得張開了口，痴了一陣，一時忘了煩惱，渾忘了菩提，忘了所思所慮，眼前只有桃花千朵艷、千種凄、千般妖嬈都不是。

這時候，溫柔也正好踱出院子裡。

這是一個美好的黃昏，倦慵的入暮。

溫柔是給那渾沒著力的夕照所吸引，而步出院落的。

她覺得那無力再挽、沒著力處的夕陽，很像一個熟悉的身影，向她召喚。

——那是誰呢？

她就跟著夕照的步伐行去，走過去是爲了多瀏覽一回這臨別秋波的晚陽。

這晚陽帶著點餘溫揮別山海人間，許是因爲今晚有星無月，濃霧密露，甚或還有場晚來風、陣來雨吧，它自知是這天來最後一抹餘暉，於是更有恃無恐的有氣它的無力了。

所以特別的美。

美得帶病。

且十分脆弱。

溫柔終於想起來了。

她想起這殘陽如赭像是誰了！

——朱小腰！

當然是朱小腰。

——她那麼怠，那麼倦，那麼乏，那麼病態而又那麼俠烈那麼艷！

溫柔覺得她在召喚她。

她爲了看她而走了出去。

反正無礙，她正閒著沒事，只在想，那一次黃昏，她化好了妝，梳好了妝，塗上了艷色的胭脂，去「金風細雨樓」會白愁飛……想到這兒，她就不願再想下去。

因爲冤有頭、債有主，那還好辦，可是，現在都不知什麼冤、什麼仇：

——白愁飛有沒玷污她的清白，她也未完全肯定。

——白愁飛害了蘇夢枕，她也沒替大師兄報這個仇。

——王小石救了自己，但也促致那大白菜、鬼見愁的死，她也沒法計較。

這筆賬該怎麼算？她不知道。

她最怨誰？她不清楚。

她最想著誰？依稀覺得，好久沒回家了，爹他可安好？

她最想做什麼？她想看桃花，因爲殘陽照在花樹上，那就像有很多個很多個朱小腰，向她招著小手舞著腰，有時還加上一個失足。

——朱小腰有個痴心爲她失魂落魄的唐寶牛。

——我呢？

（我是不是比別人醜？）

——不是。

溫柔馬上爲自己作出否認。

（我是不是比他人不幸？）

——不算。

溫柔還覺得自己很幸運，可惜幸運不等於就有了幸福。

（我是不是不像其他的女子那般溫柔？）

——這……

（有可能。）

（可是我一向是很溫柔的，我本來是很溫柔的，只不過是人家不解我的溫柔，解不了我的溫柔罷了。）

溫柔雖然檢討出一個要害來，但關鍵是找到了，竅門也在握了，但她隨即把責任推到那些不解溫柔的人身上去。

是以她才能輕輕鬆鬆的出去，要多看一會兒的夕陽、桃花、朱小腰。

一陣風掠過。

許多小花折著小腰急墜。

在桃花掩映中，她忽然看到了個人：

一下子，她覺得這人很熟稔。

卻又很陌生。

她竟在這一剎間叫不出他的名字。

但這人就像已生生世世、天荒地老、卿卿我我、海枯石爛的依偎相守在一起的一般親近、自然、分不出彼此。

彷彿：

他就是她
她便是他
他是她的
她的是他

溫柔迷惑了一下。

花如雨落。

她一下子分不清天上、人間。

直到他笑了。

向她招呼。

他的笑容很可愛，門齒像兩隻鵝卵石。

她這才省起：

——他不是朱小腰。

——他叫王小石。

——他是小石頭！

◇◇◇◇◇

就在那一陣徐來晚風裡，夕陽斜暉再是一亮而黯，花樹擺曳，花飄如雨中，他就乍見艷瞥像一朵桃仙花妖乍驚乍喜可俏可麗的那張臉：

啊溫柔。

從這一刻起他就再也不能自制，墮入花塚一般溫柔如陷似阱的情字裡。

二　桃花運

桃花是不是一種運？

也許她只是一種劫？

爲什麼蜜運、艷遇總會跟桃花聯在一起呢？而不是月桂花，菊花、薔薇、蘭花、七里香、含羞草、金盞花乃至蒲公英、鷓鴣菜呢？

許是因爲她的形與色吧！

桃花開得非常愛情，不但盛，而且密集，更加嬌艷，十分熱情。真正的激情便是這樣一把盛放的。

如果懂得望氣，學過密宗，便會知道：當一個人正在戀愛的時候，身上升起的氣體是緋紅色的，色澤當真十分接近桃色。

當感情性慾如膠如漆、欲仙欲死時亦如是，不過更加深紅艷麗些而已。

同樣的，所以相學上有望氣之法：當你體外、頭上三寸至半尺之地籠罩一種黃氣，那便是財運來了；當你頭上升起紫色雲氣，那若不是在宗教情操、靈力修爲上有大境界，就是掌有實權的不世人物了；若是灰白青氣罩頂，則就百病纏身，不敢恭維了。餘此類推。

五色令人迷。顏色會改變運氣，運道是有色顯現的，是以密宗求財，拜的是黃財神；淨土宗信徒求紅鸞星動，拜的是桃花仙。

能讓人動情、傾心，使自己愛人、被愛，彷彿是一件令人高興的事，所以當有人得知自己是有桃花運或正走桃花運，儘管表面上不動聲色，心裡總是樂開了，好像有莫大的福氣從天而降的樣子；有人甚至壓抑不住的眉開眼笑起來，色迷心竅，可見一斑。

這使得許多江湖術士、相師都能抓中要害、投其所好，甘言美辭換來豐厚酬金。

不過，正走桃花運的人很少去想一想：這桃花到底是運還是劫？是福抑是禍？是好或是壞？是色香心動還是意亂情迷？是一生一世還是要錢要命？

話又說回來，真的要面臨一場戀愛的時候，還管那麼多幹啥？有那麼多的理智，那麼強烈的分析審察，那就不叫愛了。

愛是衝動的。

盲目的。

無私中綻發出大自大私的。

激情的。

美的。

◇◇◇

就像：

桃花。

——還有她的顏色。

◇◇◇

桃花紛飛而落。

王小石這便瞥見了溫柔。

溫柔這就望見了王小石。

◇◇◇

溫柔「曖」的一聲用指尖尖尖的指著王小石叫道：

「你也在這兒呀？」

王小石也同時說了一句：

「妳也在這兒啊？」

——「你也在這兒呀／啊」，一共是六個字，除了尾聲有點音腔不一之外，其餘都完全是一模一樣的，只不過，溫柔說快了半瞬間（本來，以武功論，王小石的反應比溫柔快多了，可是，乍見溫柔，王小石卻比溫柔慢了半步回過神來，這許是女子在這方面要優於男人的天性吧），以後兩人同說了一句話，一前一後，一男一女，一驚一疑，一遲一早，像和唱合拍一樣，到語音末了落了時，還

「呀」、「啊」不同，像一首合奏和鳴曲子的收稍，十分悅耳好聽。

兩人都笑了。

臉上也映得很有點桃色起來。

王小石負手。

溫柔在踢挑地上的落花。

王小石道：「妳來這兒……？」

溫柔道：「看花。」

王小石：「哦……」

溫柔挑起了一隻眉毛，垂看目，問：「你來又爲了什麼？」

王小石：「看……樹。」

溫柔：「哦？」

王小石訕訕然：「今天桃花開得好美。」

溫柔抬首：「這夕陽也美。」

王小石低頭看落花滿地：「所以照得花兒更美了。」

溫柔道：「是美。」

王小石道：「很美。」

王小石又負手看這看那。

溫柔又用她的腳尖挑地上的落花。

好一會，沒有說話。

是沒了話說？還是無須語言了？

溫柔長睫忽顫了顫：「對不起。」

王小石奇道：「什麼？」

溫柔鼓起勇氣的說：「那天的事，對不起。」

由於溫柔是個幾乎從不道歉只會撒蠻的女子，所以王小石兀自驚疑未定。

溫柔低柔的說：「那天在六龍寺裡，平白無故的摑了你一記耳光，對不起。」

王小石這才明白了。溫柔忽又嫣然一笑，眼眶裡居然有些潮濕：「這樣打你一記耳光，你都不閃不躲不還手……你……你對我真好。」

王小石笑了，說：「是妳出手太快，我要避還真避不了哪。」

溫柔噗嗤的也笑了：「你這人，要說謊還真不會圓謊。我要是打得著你，我早就是我爹了——我爹也未必打得著你。」

王小石道：「令尊是『老字號』裡最厲害的高手之一，別人的毒頂多是以『無色無味』爲至高修爲，可是，令尊的毒卻又回到了『有色有味』的大境界：也就是說，所聞到的花香、飯香、松香，霉味、酸味、苦味，全都可能他所放的毒，也就是無味、無處、無物不是毒的地步。他要是向我放毒，我只怕無還手之能呢！」溫柔抿嘴笑道：「你在我面前說我爹爹的本領，那有人比我還清楚的！分明是溫門弄斧。」

王小石自嘲地說：「我曾給自己幾個做人做事的原則，譬如：務必要有班門弄斧、勇於獻醜的勇氣，更須得有破釜沉舟、捨我其誰的決心，才能任大事、創新猶。我是憑這才敢厚顏在妳面前說妳爹的本領通天。」

溫柔瞟了他一眼，「你少來賣乖，在我面前給爹吹大氣，必定圖個什麼！說實在的，我爹的施毒本事可大得很，拿這一棵桃樹說吧，他要是下毒，這桃花、桃子、桃葉、桃樹、桃枝、連同桃根，全成了他的暗器、兵器、武器和毒器，不但讓你沾著了便給毒倒了，連望一眼也得挨了毒。」

王小石咋舌道：「厲害，厲害！」

溫柔正說到自得處，忽又花容一黯，唉了一聲。

王小石忙問：「什麼事呀？」

溫柔搖搖首，又用腳尖撩地上的花兒。

王小石追問道：「是不是想起妳爹爹來了？」

溫柔眼圈兒一紅，道：「我好久沒見過他了。聽說他曾來過京城，卻沒來找我。他一定在惱我了。」

王小石馬上就說：「原來妳還不知道那次令尊入京時的遭遇。他來京是為了探妳，可是在入關前給方小侯爺擋駕了。」

溫柔驚道：「他……他把爹怎麼了!?」

王小石即堅定地道：「他不敢動妳爹。那是蔡京派他去，米公公也跟了過去：他們是勸溫老前輩回洛陽去，他們就河水不犯井水，各相安無事。『有橋集團』怕的是溫前輩一到，京華武林的勢力立即起了變動；蔡京那些人是不希望妳爹入京，成為群龍之首。他老人家的舉足輕重，可見一斑。」

溫柔嘴兒一扁，委屈地道：「那人家叫他不入京，他便不入京呀？他都不進來看看我哪！」

王小石道：「他沒入京，還不是為了妳。方應看和米有橋，一個狡詐一個狠辣，說明了京裡局面不容讓外人攪和，但也硬的軟的齊來，他們保證了只要妳爹不入京，他們就絕不會動妳一根毫毛。妳爹顧慮你的安全和為大局著想，而且他也想保住洛陽方面的安定局勢，不想太早過度激怒蔡京，加以米、方二人攔道，硬闖不易，他才打消入京之念，回到洛陽。我看他還天天想著妳哪，要不然，那一回他也不會打從老遠迢迢趕來京城了。」

溫柔這才舒了一口氣，卻又怨道：「這事怎麼一直沒人與我說？你是怎麼知道的？」

王小石搔著頭皮懵然道：「我現在才知道妳不知道這事。令尊不是有位好友叫唐一多的嗎？」

溫柔自豪的道：「蜀中唐門有不少人都跟我爹交好。唐一多、唐一少是有名的『唐門雙絕』，又號稱『川中二熊』，武林中卻稱之爲『天下兩毒』，都是我爹好友。」

王小石點頭道，「便是了。蜀中唐門暗器上的毒，得要令尊提供；『老字號』溫家的毒，得要配合『蜀中唐門』的暗器，才好發放。一個買一個賣，互爲合作，配合無間，也是理所當然的事。那次令尊不便入京，只好轉折請了唐一多來京，恰妳鬧著要跟何小河逛窯子見識去了，沒把妳給找著，便請托了唐寶牛轉告妳。」

溫柔睜大了杏目，傻戇戇地道：「他麼？他可啥都沒告訴我！」

王小石嘆道：「這也難怪他。不久後就遇上了他和小方遭劫，然後又發生了朱小腰亡故的事，他本來就是個說過便忘、聽了就算的漢子，那段時候他若還記起此事，這才怪呢！」

溫柔卻不甘心的道：「但他還是告訴了你，卻沒把話轉給我。」

王小石忙分說：「唐寶牛一視同仁，連我也沒說。我只是一直以爲他已告訴妳了，不想牽動妳掛念妳爹，便沒再提了。唐一多告訴了唐寶牛後，幸好又告知了他的同門唐七昧，我是從七哥口中得悉此事的。」

溫柔這才明白箇中分曉，怔怔的看著桃花、花樹、花葉，忽爾一陣風吹來，又見漫天花紛紛飛落，像一張張張開了但欲呼無聲的嫣紅小唇，佈得一地都是，王小石和溫柔肩上也沾了好些。

花落在衣、襟上，不知怎的，心頭都溫柔了起來。

溫柔便是這樣幽幽的問了一句：

「小石頭，人說桃花運桃花運，你說，桃花要真的有運，她可願不願意這到頭來仍是落了一地的命運呢？」

她這下是柔聲的問，怨楚動人。

王小石是深心的一動。

甚至有點泫然。
那是一種溫柔。
那是溫柔的溫柔。
溫柔的溫柔比一切溫柔更溫柔。
那是殺死你的溫柔。

三 一樹桃花千朵紅

王小石不覺有些痴了。

卻忽聽溫柔說：「我覺得你很像我爸爸。」

王小石這一聽，喫了一大驚，這可是好像不像的，像她爸爸不見得是好事也，忙道：「像妳爹爹？」

語音充滿不敢置信。

「不就是嗎？」溫柔款款的道：「我爹平常對我也千依百順的，我要什麼，他都給我；我說什麼，他都依我。不過，一旦遇上什麼大關節、大原則的時候，他可又變起板了臉孔、黑了面，說什麼也一步不讓的了，那時就輪到我來讓他從他了。那天在六龍寺，我故意跟那個姓方的奸壞小人逗著玩，卻給你一叱，嚇得我差點沒哭出來，那一刻，我還以爲是爹來了，那麼的兇！那樣的惡！」

王小石這才明白，不禁傻笑了一下，訕訕然道：「妳爹兇是爲妳好，我可是……是我不好，可嚇著妳了？」

溫柔幽幽的問：「你那天爲啥要對我那樣的兇？」

王小石因爲急切，連向來口齒清晰的他也變得語無倫次了起來：「那是因爲那方小侯爺……他這人城府很深，得罪不得。我不想妳開罪了他。他自稱『方拾青』，原是一種極高的自許。……人對他一生希望之所寄，是不容人嘲笑侮弄的。我怕妳拿這個開他的玩笑，會惹禍上身……不，都是我不好，不該叱喝妳的，我——」

溫柔悠悠的低聲道：「我就知道你對我好。」

忽然抬眸。

目波一如溫柔的星光。

溫柔的星光，寂寞的閃亮。

仰臉。

那一張清秀臉蛋寫著比桃花更桃花的人面桃花。

殘紅媚麗，自成對映。

她忽然叫了一聲：

「爸爸。」

王小石卻幾乎沒跳了起來：

「什麼？」

他大叫：「妳叫我做爸爸!?」

◇◇◇

溫柔笑了。

吃吃地笑。

笑得很狐。

很迷。

也很溫柔。

「人家叫父親做爹，我卻愛叫爸爸。不知怎的，許是因爲我自小沒了媽，我對我喜歡的、可以依賴的人，心裡都很想叫一聲：爸爸。」溫柔以迷人的柔情和醉人的溫情說，「我現在已叫出來了。」

王小石明白了。

這才明白了。

所以他陶陶然，很偉大、豁達、胸懷坦蕩的哼聲道：

「妳叫吧，妳叫，我都受得了。但我不能應妳，因這樣應了就會對不起妳爸。」

溫柔聽了嘻地一笑，忍不住說：「小石頭，你真好！」禁不住張臂撲了過去，倒在王小石懷裡，把臉埋在他胸前，還仰著頭、目光閃著星星的淚影，可憐巴巴的問：

「你爲什麼要對我這樣好？」

王小石這一下摟個溫香滿懷，一時艷福從天而降，真是手足無措，只見在暮晚裡溫柔那一截秀頷，那一段自頷口到鬢腳的玉頸，還有那媚得令人震慄的紅唇，像聚集了桃神花仙所有的日月精華，成了一朵上下燃燒的烈焰。

王小石看了一眼，便長吸了一口氣。

溫柔像一隻小小鳥兒，擁在他懷裡，還微微抖哆著，這是真實的。

這晚風、這桃花、這星夜、這客棧、這情境，也都是真實的。

連這一樹千朵紅萬點綠的桃花，也是真實的。

雖然，因爲暮色愈來愈深，一切都逐漸濃稠的化不開、分不清界限邊際起來，到後來，所有的輪廓和形貌也成了淡得看不出來了，但這一刻的真情真義，是在的，是真的，是真實存在著的、存在過的。

王小石分明深刻的感覺到自己的幸福。

幸福得令他禁不住還深深吸了一口氣，又嘆了一口氣。

這使得溫柔也感覺出來了。

她依偎在他懷裡，感受著他男子的氣息，像是微醉的問了一句：

「嗯?你不開心?」

王小石輕撫她的肩，「不，我是太開心了。」

「開心又嘆息?」

「開心才嘆氣。」

「你真是怪人。」

「哦?」

「我開始認識你，以爲你是那種三拳頭也打不出一記佛火的傢伙，但後來看你，當殺的時候殺，該狠的時候狠，不留情面的時候連餘地也不留給自己，才知道小石頭還真不怕拳頭拳骨哪，當初還真小看了你！」

王小石打趣道：「所以妳現在才對我刮目相看？遲了唄！」

溫柔一笑，又把臉偎在他懷裡輕輕磨擦著：「死爸爸，就貧嘴！」

忽然又冒出了一句：「你知道我對大白菜是怎麼一種感受嗎？」

王小石心底一沉，只問：「什麼感受？」

「恨。」溫柔就在王小石懷裡說話，由於聲音先竄入衣襟裡亂轉再傳出來，所以語音很有點幽冥、詭奇：

「恨他是一種驕傲。」

王小石聽了。

想了。

也就笑了。

他說：「妳知道我對妳一直有一種什麼樣的感覺嗎？」

溫柔抬起了頭，連同美眸一齊可憐兮兮的望著他，等他說話。

王小石用手擰了擰她的玉頰，不忍心逗她，便先說了一個字：

「愛。」

然後又把話說下去：「愛妳是一種失敗。」

溫柔笑了起來，又用髮首在王小石懷裡磨擦，像隻撒嬌的貓。她折騰好一會才靜了下來，像下定了決心的說：

「恨他的原故是因爲我驕傲；」她還幽幽的說了下一句：「只有你才是真心愛護我的驕傲，讓我驕傲的驕傲下去。」

王小石給她的擰首呵支得意亂情迷的，但仍在心旌盪搖中輕撫著她髮頸，清晰的說：

「我失敗的原因是喜歡妳，但如果能繼續喜歡妳我又何嘗怕過失敗？」

溫柔再次靜了下來，又抬起了頭。

這次，連雲鬟、髮鬢全都亂了，煩惱糾纏在秀額玉頰上，她眨眨杏目，可愛兮兮的又叫了一句：

「——爸爸——」

還特別拖長了語音。

之後加了一句：「愛我就得習慣傷心哪！知道不？」

王小石又擁緊了她一些。

她緊緊的擁抱著王小石，像要擁上一生一世，三生三世，七生七世。

又一陣風吹來。

千花無聲失足而落。

這翦翦陣風真把天空打掃了個乾淨，正等夜幕來吞沒收拾所餘所剩，只留下了樹下的亂紅滿地。

落 花 無 聲。

花 落 滿 地。

稿於一九九三年十一月八日至十八日，溫、方、何、梁、俊首赴皇城、初會京師／遍遊京華、大開眼界、入禁宮、祭天壇、登長城、悼圓明、觀明陵、遊頤和、雍和、北海、景山、到天安門／首在中國聽演唱會／摔倒立馬彈起／中國友誼旋風式即付近十萬版稅

／初會慶均、爾立／董偉康、劉大平請宴／與立群、羅維相見歡／沈兄為我爭取得盜版應付之版稅／赴五四書店見自己著作專櫃，會葉清純、孔令福、謝京林等／得晤京城諸君子，樂莫樂兮／沈鐵手作序感人／臨別時刻表明身份，始知團友皆讀友／金台路書市、銀行、酒店服務員多是讀者，意外驚喜／《布衣神相》系列為中興文化傳播公司拍攝為劇集。

校於九三年十一月十二至十八日，在京城覓得我自己未見之「著作」：江蘇文藝版：《三角演義》、《龍頭》、《哥舒夜帶刀》、《梁癲蔡狂》、《金梅瓶》、《愛國有罪》、《不朽若夢》、《大出血》；友誼版：《少年冷血》、《紅電》、《藍牙》；方之《桃花劫》；華齡盜版《香魔艷女血河令》；致公翻版：《七幫八會九聯盟》、《殺手善哉》、《戰僧與何平》、《劍挑溫瑞安》（局部）；中國友誼版：《淒慘的刀口》；漓江（未付版稅）：《少年追命》、《少年鐵手》；民族盜版：《吞火情懷》；海天（未付版稅）版：《一怒拔劍》；長江文藝：《七大寇》：寧夏人民盜印：《俠少》；等等等等，不勝枚舉／唯可憾所託不力，一如前次遠行歸來數「大豬」（巨型地圖魚）全歿，這次是「三大波」（菠蘿大魚：細菠蘿、花臉雞、金花）全斃命而無人料理，甚痛惜。

第十九章　不如溫柔同眠

一　桃

花落滿地而無聲。
暮真近了。
遠空有一顆星子亮起。
很大。
很亮。
「好大，好亮，那顆星！」溫柔仰著杏靨，霎著星目，問：「那是什麼星？」
桃花簇簇在暮深裡烘著一處處猩紅。
她知道王小石博學，一定懂。
她也想弄通許多道理，知道許多事情，可是，那得要費好大的勁。
她懶。
她享受懶。

她要過得懶洋洋的，但又要刺激激的活著。

於是她懶人自有妙方，到需要的時候，她自會找人幫忙，向人求救，到時自然會有人來助她、幫她，使她不費吹灰就可以解決許多難通難透的難題。

她可不必費心。

也從來都不擔心。

所以，她看到星，就問王小石：那是什麼星？

她知道王小石懂。

因爲王小石勤。

而且奮。

——勤只是勤力，奮還得奮發。

王小石的勤，是有目共睹的：

他在未得志前的漢水畫舫上，雷純撫琴，白愁飛高歌，王小石陶然之餘，仍不忘在船上讀書，還寫了幾首詩，溫柔還記得他寫過「且將無奈化爲翼，海闊天高任我飛」；就算他當了「金風細雨樓」的三樓主，乃至他不欲與白愁飛爭權退回「愁石齋」與「回春堂」替小老百姓醫跌打風濕之時，他仍每天苦讀不休，從不懈怠。

這只是勤。

溫柔還格外留意到他縱在這一路逃亡下來，居然每天總會找時間，埋首苦讀，吟哦自得。

有月光時，他借月光。

沒月光時，他借星光。

無星無月時，他也雙眼透過障障層層的幽闇，努目看書。

問他，他答說：「無光，更好，一舉兩得，可順此練習黑中視物的目力！」

他甚至借刀光看書。

不止讀書，對於習武，王小石也是一樣。

再苦，他也讀。

再忙，他也練。

不舍晝夜，不辭苦艱。

別人有問，他說：「人對自己興趣的事，怎覺得苦？每天肚子餓了就得吃飯，每天口渴了就要喝水，誰覺苦了？我腦子空了當然要唸書，體魄歇夠了自然要運作，哪有苦這回事？享受才是真的嘿！」

這就是奮發了。奮發跟勤力畢竟是不一樣的，奮發是不具備任何條件之下依然勤力如故。

——這麼奮發的一個人，怎麼卻似乎不像白愁飛那麼雄心勃勃、躍躍欲試？

——這到底是怎麼一個人呢？

溫柔不清楚。

也不知道。

她覺得不清楚的事特別美。

例如月色。

朦朧月色掩映，最引人遐想。

就像白愁飛。

——他死前的那一晚，到底有沒有對自己起壞心？到底是否有真意？到底是忠的還是奸的？

這都不甚清楚，但回憶起來反而有餘味。

曖昧和朦朧雖是一種美，但不是星光。

因爲星光太小。

太淡。

——一旦不清晰，就看不到了。

那麼微弱的星光，就算那般清堅的照向自己，也像隔了一百萬年後的一個微弱的招呼。

（但現在正向她招呼的，彷彿還愈行愈近、愈來愈大的是什麼星呢？）

——總該有個名字吧？

所以她問王小石。

◇◇◇◇◇◇

王小石卻捂著胸口道：「那？那是我心。」

「嗯？」

溫柔沒聽清楚。

王小石這回拿她的手來按住自己胸膛，「我的心。」

「輕佻！」

溫柔笑了，還笑著刮了他一下，「你的心不還在這兒嗎？怎麼又飛到天上去了？」

王小石笑道：「就是因爲心在這兒，跟上面的遙遙呼應，所以才那麼亮。」

溫柔嘻地笑了：「我知道了，你的心要變成三尖八角的了……」

忽然驚呼了一聲。

原來：長空有流星劃過斜斜墜落。

焚爛的流星，照得兩人臉上一亮，彷彿還熱了一熱。

「掉到哪裡去了？」溫柔不依，「你的心！」

王小石傻呼呼的道：「我也不知道。」還下意識的按了按自己的胸口。

溫柔見他傻樣子，就笑他說：「你這人！」用手指在他額上一捺：「沒心的了。」

王小石只好訕訕然笑道：「有意就好，反正，心已經給妳了……」

忽聽「唆」的一聲，溫柔忙留意傾耳聆聽：像有什麼連著落花自樹上落了下來，還發放著些微兒彷彿不屬於桃花的馥香。

聽到落地聲，溫柔就過去撿，像隻好玩的小鼬鼠，饞的時候任何聲色香味都觸動牠去覓食似的。

溫柔這就離開了王小石的懷抱。

王小石惘然若失。

——啊，餘香猶在……

（幸好，這情緣仍可再續。）

——可是，自己剛才何不……

（何不什麼？）

——何不親親她呢？

（這機會可是千載難逢、萬古難遇的啊！）

——尤其是溫柔這麼一個活潑潑的女子，難得這般似水柔靜。

（不過，親一個女子，該怎麼親？如何親法？）

——想像過多次，但真箇時，又不知從何「下手」？

（想到這點，王小石不覺因緊張、心怯而微顫哆著。）

（「下手」？那太難聽了。但不說「下手」，那該用什麼字眼？「下嘴」？那更難聽，而且也難看得很哩。有人說：人對付他人，用「出手」二字，是太重了，像禽獸。有人說，鷹對付獵物是「出啄」，豹子格殺食物是「出爪」，人對付人用「出手」，與飛禽走獸何異？可是話說回來，不用「出手」，該用什麼？打架叫「交手」，打人叫「動手」，對付人叫「出手」，不然叫什麼辭兒？「動腦」嗎？「交尾」麼？「出舌」!?）

（也許親親溫柔的這一樁事兒上該用「著手」而不是「下手」好些吧？）

王小石故意想岔開了去，這一想到歪理下去，他才比較不那麼緊張，身子自然也不會微抖了。

——看來，作「賊」心虛，這話準沒錯。

王小石竭力使自己想到正路上去，卻見溫柔喜孜孜的拾掇回來一物，還攤開小手，給他張望。

王小石鼻尖幾乎碰到溫柔的掌心：「啥呀？」

溫柔笑嘻嘻的道：「你的心。」

王小石這才看清，抬頭高高興興的問：「桃子？」

溫柔嬌笑著：「你的心又變形了。現在可變成桃花的心了。」

「還好只是桃心。」王小石道：「還好不是花心。」

說著，也到樹下去，在花塚裡撿了一顆。

卻見溫柔咬了一口桃子，粉腮脹卜卜的轉鼓了幾下，才蹙起秀眉嚷道：

「苦的！你的心。」

王小石笑道：「還澀著呢，桃子落早了。」

也把手上的桃子咬了一口，嚼了幾下，大驚小怪的說：

「我這顆是甜的。」

「真的？」

「還香哪。」

「那我吃一口。」

「妳真的要吃嗎？」王小石認真的問，「這顆是妳的心唷！」

「小石頭！」溫柔乍紅了臉嗔道：「就貧嘴，會逗人！」

王小石忽聽這一句，忽覺有點耳熟，但沒細想，卻已佯作嘔吐：「噢噢噢，我說錯了，我認了，這心苦的，澀的，臭的……」

溫柔跺足叱道：「臭石頭！你再說！」

王小石吐舌道：「真話不可以說，假話又說不得，那該說什麼話呀？妳說！」

忽地，溫柔「哎呀」了一聲，像一氣連中三、五十鏢的樣子。

王小石嚇得像捱了一枚石頭：

當頭！

二 桃花癮

溫柔一叫，王小石就像當頭著了一顆流星石，忙問：

「怎的!?」

溫柔氣急敗壞的道：「不好了。」

王小石更是急切：「什麼不好了。」

溫柔情切的說：「剛才那一抹流星掠過，你有沒有許願?聽說見著了流星在它光芒未消之前許的願，會很靈的。你可許了願沒?」

王小石這才放了心：「許願?沒。」

溫柔卻問：「爲什麼不許願?」

王小石苦笑道：「我不知道這個……」

溫柔嘟起了嘴，忽又滿懷希望起來，雙手合在頸下胸前，仰首說：「一個許不及，不要緊，待下一個，就來得及許願了。」

王小石表示了懷疑，溫柔鼓著腮執意的說：「我就知道會有下一顆流星的！」

王小石本沒怎麼放在心上，見溫柔如此虔誠，連她的玉頸和秀頷都透露出一種極柔極美極祥和的幽光來，心申也不由溫柔敬誠了起來，也雙掌闔什，抬頭望天，說：

「是的，總還會有下一顆流星的……」

忽然，這次是兩個人都哎吔了一聲，目瞪口呆，楞楞的望著黑麻麻的無垠蒼穹，怔在那兒。

原來剛才那顆又大又亮的星，竟不見了！

好一會，溫柔才期期艾艾的道：「那星……你的心不見了耶！」

王小石也在極目找那顆星，搔著頭皮說：「對呀，我看它是躲起來了吧？」

溫柔狐疑的道：「……會不會剛才的流星就是它呢？」

王小石偏頭想了想，「不會的吧？這麼大這麼亮的一顆星，也會那麼一下子就……那個了麼？」

說到這兒，大概有點顧星自憐，竟感傷了起來了。

溫柔卻又滿懷高興的說：「不要緊。就算是它也無妨。我爹說：一樣東西一萬年在那兒一動也不動，是毫無意義的。那星在天空十萬年百萬年，再亮也是寂寞的，只有它爆炸了、焚燒了，那才有火花、有強光、有力量、有意思！我想，流星就是爆炸時飛動的星星吧？那才淒厲這才美！你若是它，才算沒白活呢！滾動的石子是不會生苔的。」

王小石仍在設法尋找那顆星，聽溫柔這麼說，忍笑道：「妳幾時學了這大番道理來安慰我？我看它大概一時半刻讓密雲給遮去了。這會兒天色不穩定，今明恐有雷雨；晚上看不真切，上邊一定佈滿烏雲呢！」

「找什麼？不如等吧！」

溫柔見他左張右望，踮足伸脖的，像隻猴子，笑著打了他一下，啐道：

「等？」

「等流星呀。」

「還有流星嗎？」

「有的吧？」溫柔想了一下，肯定地道：「天空那麼大，總容得下三五顆流星吧？有次我在家裡，一直等到天亮，我就知道流星還會再現了，果然一夜裡就足足等到四枚流星。」

王小石本來想笑她：妳以前可真閒啊！忽又想到：這妮子而今也一樣的閒！同時也為她真誠所感，就不取笑她了。

於是，兩人就坐在花樹下。

看花飄。

等流星。

◇◇◇

——流星啊流星，你怎麼不來？

流星不來，春風不吹，三月的柳絮不飛，四月桃花落盡，那時縱有千千星花飛雨在蒼穹掠過，可還能照亮這一對戀人眼裡戀愛的星星？

◇◇◇

元夜卻將風倒吹

飛絮流螢復活幃

◇◇◇

流星不來。
流螢卻來了。
且各提一盞盞、一點點、一星星、一丁丁小燈籠，無處不在。
星光點點。
在人間。
——在心。
尤其是在情人的心。

◇◇◇

他們眼窗裡都是星：
點點顫動、霎動、忽高、忽低、有起、有伏、迷人但不炫人的光芒，迷離也迷惑的點綴了整個院子、整幅蒼穹。

◇◇◇

「許願吧。」王小石用肘觸了觸溫柔的臂。

溫柔噗地笑了：

「這是流螢，不是流星。」

「都一樣，」王小石悠悠的說：「只要能發出屬於自己的光和熱就好。」

「多美。」

溫柔讚嘆不已：

「在點燈哪。」

她的感懷似愈漸深刻起來，感嘆也份外深明了：

「我像牠們就好嘍——多自由自在呀！」

王小石心忖：她可比牠們都自由、都自在呢。

他沒把這個想法說出來，卻聽桃花樹上有隻老蟬在「知了、知了」個不停。

他聽了就笑說：「妳才不像牠們。」

溫柔白了他一眼：「那我像什麼？」

王小石說：「像蟬。」

溫柔詫然：「什麼？」

王小石指著桃樹道：「樹上那隻蟬兒。」

溫柔的眼波頓時黯淡了下來，「我還以爲你會說我像桃花呢。」

王小石有點訝異：「妳不是說過妳不喜歡像花的嗎？」

溫柔的語音跟以前大不一樣，還略帶了點失望與無奈：

「以前是以前。今晚是今晚。今晚我想如花似玉。我想跟桃花一樣。我很想過一過桃花癮。」

王小石怔了一會，好像懂了，又似沒懂。

溫柔這才想起似的，反問：「你爲什麼說我像蟬？」

王小石想沖淡她的感傷，故意哈哈一笑：「因爲妳一天到晚都說：『我知道了，我知道了』，知了知了，跟蟬一樣。」

溫柔一笑，委婉的說：「你是在拐著彎子罵我。」

王小石楞了：「怎麼回事？我可弄不懂了。」

溫柔眼裡閃亮著兩朵幽靜清明的螢光：「你不是在嫌我的聒吵，就是諷刺我不懂裝懂。」

王小石叫起撞天屈來，「我可——可真的沒這個意思！我心裡沒這個意思！」

溫柔扯了扯他，嘔聲道：「信你了，信你了，你這沒心的人。」

然後甜著臉讓他看看自己淺笑時的深梨渦兒：「那你原意是什麼——要照實

說。」

王小石只好坦坦誠誠的「招供」：「長壽。」

「長壽？」

溫柔這回可怎麼都弄不明白了。

「螢火蟲生命比較亮，也比較短，凡是燃燒生光著火的東西都比較短促；」王小石直估直白的說，「蟬會脫殼，叫得通天作響，又會隱色，壽命比較長。」

然後他直直的望著溫柔：

「我希望妳長命百歲，幸福快活。」

溫柔忽然覺得很感動，幾乎淌下淚來，哽咽的說：

「……小石頭……」

王小石心裡亂著，不知該如何去撫慰跟前這淚眼婆娑、溫香玉軟、呵氣若蘭、乍嗔乍媚的人兒是好，卻覺得首要之務是不能令她傷情、傷懷，是以故意岔向到別處去了：

「說實在的，要是妳剛才見著流星，能及時許願，妳會許個什麼願？」

這樣問了出口，王小石又覺得自己太過冒昧、唐突。

——人家小女孩的心事，憑什麼要告訴你哪！

三 逃

溫柔卻徐徐的閉上眼睛，雙掌閤什。

她的眼蓋很杳。

睫毛很翹。

她雙掌一合，玉肩便略略聳起來了，以致胸脯因肩腋之間的堆擠而拱出來一個優美豐隆的弧型，那頸肩的斜坡便愈顯細長勻柔了，在桃花樹下，螢光掩映裡，竟是把最純真和最誘人的美和媚都合而為一了。

王小石看得竟有一種驚心動魄的感動。看得出來她的身裁和樣貌都美到了極致，王小石竟有點懷疑自己是否能有這種莫大的福份，來擁有這活色生香、可珍可惜的美麗女子。

只聽溫柔溫柔的說：「我給爸爸許了個願，希望他老人家身體健康，……他女兒只是風夜裡的流螢，到處亂來，直至光耗完了就休了，他不要再記罷這隻無心不歸家的螢火蟲兒。……」

流螢漫佈夜空。

溫柔如是說。

王小石強忍心裡的感動，卻要引走溫柔心裡泛起的傷感。

所以他說：「哈哈。」

溫柔沒好氣的瞪了他一眼，似怪他煞風景：「你笑什麼？很好笑嘿！」

王小石故意的說：「妳剛才說那個『爸爸』，到底是妳洛陽城裡的爹爹還是我？」

溫柔剁了他一下，又跺了跺足：

「死石頭，老愛開玩笑！開什麼玩笑？人家說認真的！」

她虎地反過來問王小石：「倒是你！要是你剛才對流星許願，許什麼願？」

王小石見溫柔果然已自低落的情緒抽拔出來，他也就開心了起來，心裡想哪件就說出來：

「我！我嘛，我嘿？我只願國泰民安，風調雨順，天下太平，身壯力健！」

溫柔聽了直皺眉：「怎麼那麼小家子？不太平凡了嗎？」

王小石不服氣：「平凡？我這可是家事國事天下事事都齊備了呀！」

溫柔直搖首：「就是樣樣齊備，才沒意思。那些貪官污吏出來主事什麼祭祀、典章的時候，上香祈禱，祭天拜地，說的還不是這幾句話嗎？你怎麼跟他們一樣？」

王小石叫起屈來：「不一樣啊！」

溫柔就追問下去：「什麼不一樣？」

王小石楞了楞，急得有些期期艾艾起來：「我……我……我是衷心的呀！因爲那幾件事兒沒一樣可以讓我獨力辦到的，我我我只好祈告上蒼保祐了。」

溫柔噗地笑了。

王小石就問：「妳笑什麼？」

溫柔笑迷迷的道：「我笑你。」

王小石不明：「妳笑我什麼？」

溫柔笑瞇瞇地道：「我笑你傻。」

王小石指著自己鼻子，睜圓著牛大的雙目，嘴巴張成「○」字：「我——傻——？」

溫柔這回就說：「小石頭呀，你覺不覺得你有點……有點兒那個……」

王小石問：「那個？」

溫柔惋惜的道：「想你有一身好本領，就是太沒野心，太沒志氣了。你連當今宰相也殺過了，京城裡第一大幫的第一把交椅也坐上去過了，就連世上第一有權大奸大惡的蔡元長，也給你一再激怒、脅持，卻奈不了你的何！可是，你卻老愛混著活，不思長進，為了兩個糊塗鬧事的朋友，能在京城三分天下的風雨樓老大也不幹了，卻跑去威嚇住蔡京放人，好吧，這又成了流浪漢了。瞧，就算我們這逃亡，又和尚又尼姑又有個失心喪魂的，還有我這湊熱鬧的，可連逃亡也逃不出個大起大伏、大驚大險來，卻只留在這客店好吃好穿看桃花開花落的還不知要等誰來！小石頭，你說，你是不是可只欠缺了點志氣！」

王小石認真的聽。

眼裡掠過了一陣黯然。

聽完了就說：「謝謝。」

溫柔訝道：「謝謝？」

王小石認真地道：「謝謝妳的意見呀！」

溫柔又杏目圓睜：「我這樣詆譭你，你都不作辯解嗎？」

王小石笑道：「這那算詆譭！說的可都是實情。只不過，人各有志，不能相強。我也有大志，我的大志只是：要讓我喜歡的人活得好一些，如此而已。當然，這些人中也包括了我自己。我自小想當游俠，不管而今當上了沒有，我總有這個自許。是游俠，不是浪子。浪子與游俠都了無牽罣，但浪子不負責任，游俠卻負責到底。我是個當慣游俠懶作官的人。若要犧牲那麼多的人、那麼多的快樂，那麼多的自由，才換回來一點權、一點名、一點利，我是決不肯幹的。要是我自己是作一點點犧牲，便能換回來大多數人的幸福和快活，這我又極願意去盡一分心、盡一分力，卻也不怕不自量力、螳臂擋車。」

溫柔微嘈道：「但你這樣到頭來換得什麼？我也是你這樣兒的人，所以最知道這想法。我天天玩玩兒，閒著沒事管閒事。但我是女的，我可以這樣沒志氣。你卻不可以，你是男的，小石頭，我也是爲你好才勸你。」

王小石黯然道：「所以我才真的謝謝妳。」

溫柔溫婉的說：「我知道你有才，人又好，才爲你不值。論才，蘇師兄、鬼見愁都不及你，但他們成就卻比你大。你一向喜歡石頭，可是，天下又有幾塊好石頭讓你爭來著？你若連石頭都保不住，卻怎麼安邦定國，祈求天下太平？」

王小石低下了頭，只低聲道：「這我有我的看法。」

他見溫柔不瞭解他，心裡未免難過，語音也就抑制不住的低落了。

溫柔畢竟是女孩兒家，也覷出來了，就省覺自己可把話說重了，就催說：

「有話你說。」

「沒有。」

「有話你就說嘛。」

「說了。」

「你要不說，就不拿我當朋友了？」

「妳要聽？」

王小石抬頭，眼光清而亮。

溫柔倒窒了一下，反問：「會不會很長？我最怕聽長篇大論的勸世文的了。」

王小石忙道：「不長不長。我長話短說。我這就說了：妳太瞧得起我了。說英雄、論英雄，我比不上蘇師兄的雄才偉略、沉潛高深；我也比不上白二哥的志大才高，飛揚縱橫。做大事的人一定要不擇手段不惜犧牲也要達到目的的決心，這點志向我可天生就沒有。我只是王小石。我的宏願一直只是要當個快樂的小老百姓，一個開開心心的平民。幫得了人我才出手，否則我寧可讓一讓、忍一忍。我喜歡石頭，但不是特別喜歡那些特別珍貴的，甚至也不是一定要特別的，只要是一花一草一木一石一樹一人，我都愛它，受它的特色。我愛石頭，就喜歡它就在原先那兒，我並不要去挖它出來、搬回家，然後自個兒佔有著它。因此我特別鄙薄當今聖上趙佶和蔡京這一群狐群狗黨，爲太湖水底一塊石頭，爲泰山顛峰上一棵松樹，不惜翻江倒海、翻山越嶺，把那塊石、那株松生生掘土、挖剖，千里強運，道死無算，才運到皇宮，供他們幾個人賞樂。這種事，我聽了也覺得噁心，只覺得他們是不恤人、不恤物的傢伙，根本不配看花賞石愛美人擁江山。就像這株桃花，多漂亮啊，卻要硬生生把它刨了根，砍了幹，移植於宮中，就讓他們一人獨賞，三五人看，我就最是不能容忍這種自私不仁的人！」

溫柔笑望著他。

笑盈盈的。

看得十分欣賞。

笑得十分春風。

笑和看都很桃花。

王小石不禁給她看得有些兒不自在了起來，語音便有些亂了：

「所以，就連逃亡，我也有我的方式，我的看法。」

溫柔趨過去，雙手輕放在他腿上，幽幽的問：

「你說，怎麼個不同法兒？我聽。」

王小石心中一蕩，道：「我曾在江湖上有個好友，人稱『九現神龍』，他為人俠義，卻為親信所害，萬里逃亡，十分淒苦，久經鏖戰，終能翻身，他視逃亡為人生之歷煉。我則不然。我當逃亡是場遊戲。沒退那有進？不走怎會來？人生不如意事十常八九，玩輸了遊戲，就該換一換手氣，不妨避上一避，待會兒再來。誰也想勝完再勝，贏了又贏，可是世事豈如人意？淒淒苦苦的逃亡也是逃，高高興興的逃亡也是逃。逃亡只是一種轉戰，失敗得起才是英雄。誰說逃亡一定要抱頭鼠竄，狼奔豕散的？我當逃亡是你追我逐的玩意兒，我是邊走邊玩，邊逃邊遊。且將無奈化爲翼，天空海闊任我飛。逃亡自不必打鑼敲鼓、吆喝唱道的，可也不必垂頭喪氣、栖栖惶惶。逃只是一種生存的方式，進的背面，也是攻的變奏。我當逃是桃，是花開成熟了才掉地的桃子——沒有桃實桃核，那有今天這棵大桃花樹？」

然後他問溫柔：「妳說是不？」

溫柔發出鼾聲。

大聲的。

故意的。

四　桃花劫

王小石呵支弄「醒」了溫柔。

溫柔怕癢，一面笑一面避一面叫道，「嚇死人了嚇死人了，那麼臭那麼長，可聽得我把前年五月五龍抬頭時候的粽子都得連竹葉白泡的一股腦兒的吐出來了。」

王小石裝生氣，虎虎地道：「妳又要人講，又不聽人講，妳、不、守、信！」

溫柔向他擠眉弄眼扮鬼臉，還刮臉羞他：「是你不守信用在先哩。說好不長篇大牘的，結果我聽了八個半時辰你才講到序文，嘩呀我的天，有理的都給你說盡了，沒理的也早聽沒氣了，誰夠你牙尖？論英雄，你是顆石頭；要論舌頭，你可長過松柏長青哩！」

王小石揚著拳頭向溫柔面前臉上直晃，「妳好誇張呀妳。給妳口杯子妳說有池塘大，我才講三百句話妳說七匹布長！妳說大話可不必等流星、火星、天狼星的，反正就妳說的沒人說！」他用鼻子發音重重的「哼哼嘿」了兩聲，表示忿恨。

還轉臉過去，不看她，看星。

溫柔笑得吱吱格格的，樂不可支，拊掌笑說：「好嘢，好嘢，小石頭終於給我溫女俠一氣氣翻了殼，露出烏龜尾巴來了。」

王小石還鼓著臉。

溫柔這才收斂了些，湊過去，問：「怎麼了？生氣啦？小氣鬼！嗯？」

她過去搖搖他，像搖晃一棵搖錢樹似的，「喂，喂，你真的生氣啦？」

王小石心裡卻捂住笑捂得九艱十苦的，直樂得幾乎嘩啦一聲噴出火山熔漿來了。

他才不生氣。

他幾乎從不對溫柔生氣。

——便因此，溫柔才注重起來，醒覺自己確是失了言。

其實他根本沒有生氣。

他不在乎別人是否聽他的話，他一向都認爲：世上根本沒有什麼話足以說服別人，除非是你說的話正是自己心中所想能悟的道理和事情。

因此他才不會生氣溫柔。

他只是逗她。

——讓她急一下也好。

她急了。

她真的急了。

她可可憐憐的說：「小石頭，算我說錯了話好不好？你不要生氣了好不好……」

說著，竟湊上了唇兒在王小石頰上親了一下。

「哇哈——」

王小石大笑出聲。

——才笑了一聲。

他立即煞住，心情極其複雜：

——一方面，陶陶然，只知道一件事：她親我了，她親我了，她竟親了我，天，她親了我，她親了我，她親了我一口，噢，老天，她竟主動親我，她主動親我，她親我了，她親了我……

（可是，我該怎麼回應呢？）

——失戀了十幾次的他，對這種男女相悅的事還是少不更事、手足無措的。

在最樂陶陶、活融融的時際，卻因爲他原先正佯作氣忿時苦苦憋住了一窩子笑，在這一洩氣的當兒（溫柔哀哀認錯之時，她一吻他就「崩潰」了）喀啦的一聲全「爆炸」了出來：

這可糟了！

——溫柔一定以為我是在笑她的了！

——她那麼好，還香了我，我還笑她，我還是人來的麼!?

王小石不禁痛恨自己！

他正想解釋，卻見溫柔刹地變了臉色，戟指他道：

「你……你……你……」

她氣得粉臉發白，卻說不出話來。

王小石忙得七嘴嗑著了八舌，所有的口齒便給全都掉到瀾滄江裡去了！

「我我我……溫柔溫柔……我不是那個意思，我我我我只是……這個意思，妳的意思……意思我明白……但我的意思不是那個意思……我沒有意思……我是無意，不不不，我是說，我無意但有心，就是對妳有那個心心心的……」

說實在的，他也不懂他現在在說什麼。

溫柔掩著臉，嗚嗚的抽泣起來。

王小石更慌了手腳。

——死了死了，這回唐突佳人了！

他急得幾乎一頭就跪了下去，認錯叩頭，但只曉得手足無措的在那兒，一味的說，斷續的道：

「柔兒，柔兒，妳不要生氣，不要生氣了好不好？……」

只聽溫柔傷心欲絕的說：

「你，你沒誠意……」

「我有的，我有的，我真的有的……」

「你都沒有心的。」溫柔又抽抽搭搭的嗚咽著道。

王小石本也想說：「我有的，我有心的……」旋又想到他的心剛才已變成桃子了，而且還給溫柔吃掉了，一時也不知說什麼好、覺得自己確是欺負了她，真是沒有心的，悲從中來，只覺放著好好溫柔鄉不珍惜，卻取笑傷了溫柔的心，百感交集，竟也流下兩行淚來。

自是莫說英雄不流淚，只是未到傷心處，這一哭，王小石便收抑不住，哇哇哭個不休，只覺今天明明走的是桃花運，而今卻白白墜入了桃花劫去了。

想到椎心處，越覺對不起人，哇哇的哭了起來。

這卻把溫柔嚇呆了。

她忙放下了手，愣住了看王小石哭。

——卻見她臉上一點淚光也沒有！

王小石哭到正酣時，忽見溫柔萬分震訝見神遇鬼似的望著自己，他哭到一半，可哭不下去了，問：「妳……妳沒哭嗎？」

溫柔答：「沒呀。」

王小石淚痕還在臉上：「妳剛才不是給我氣哭了嗎？」

溫柔眼角開始有笑意：「我逗你的。」

王小石瞪大了虎目（注意：是「淚眼婆娑」的大目），指了指溫柔的鼻子，又指了指他自己的鼻子：

「妳、逗、我!?」

溫柔的嘴角也有了笑紋：「是呀。你假裝生氣，我佯哭，禮尚往來，那有什麼不可以？」

王小石仍怒著虎目（這回是「眼淚汪汪」的大眼），氣得一時間耳朵都歪了，只說：「妳……妳……妳——！」

溫柔連鼻子都開始皺起來了，「你又來裝生氣了？」

王小石爲之氣結，但也放下了心，覺得無限舒暢，這才省起，用衣袖去抹臉上的淚痕斑斑。

溫柔的臉上連梨渦都顯現了，只關心的問：「你剛才是真哭了？」

王小石點了點頭，有點氣虎虎地（即是「雨後天晴」的牛眼一雙）瞪了瞪溫柔，「嗯。」

溫柔連眉也生起花來了：「你爲什麼哭？」

王小石悶哼一聲，不大情願地答：「因爲覺得對不起妳、對妳不起。」

溫柔聽了，很感動的樣子。

但終於軋拉一聲的大笑出來。

她真的彆不住了。

笑呀笑的，吱咯吱咯，像一口氣生了十一粒蛋後到處去宣揚廣告的小母雞。

她終於笑樂了。

笑得上氣不接下氣，正當中氣甫復之時，卻見王小石睜大了一雙牛目虎虎地（也苦苦的）盯（等）著她：

「妳笑完了沒？」

溫柔強忍笑意，捂著腰叫痛不已，只說：「笑死我了，笑死我了……」

待她喘過一口氣後，就柔聲的問王小石：「你知道我爲什麼很喜歡跟你在一起？」

王小石悶悶的、直直的答：「因爲我真誠、可愛。」

溫柔忽正色、柔聲道：「除了真誠、可愛，還有不讓一天無驚喜！跟你在一起，天天有新花樣，新鮮事兒看不盡，你瞧，我可從來沒見過一個大男人會爲這點小事哭到像個小婆娘兒那樣呢……」

說著，又憋不住誇拉拉的笑了。

笑個不停。

笑得直曲著肚子叫疼。

王小石搔搔頭皮，木口木臉，只低聲自語：「妳又知道我爲什麼那末喜歡和妳在一起嗎？」

然後他自己唸經唸咒似的喃喃的答：「因爲妳成天都把我嚇個半死……」

溫柔笑得告一段落，偶聽他嗡嗡咢咢的，不知在說什麼，她一撂後髮（她可笑得前翻後覆，前仆後合的，連一頭秀髮都凌亂了，看去更有一種野性的媚），笑道：

「你說什麼？在罵我吧？」

王小石哼哼兩聲，只說：「現在若再有流星掠過，我的願可要多加一兩樣。」

溫柔又笑了，笑得只怨王小石使她肚子都笑傷了，邊道：

「你大概是多加一樣：不許我笑你吧？但願你許願許得夠快，流星可是稍縱即逝的哦！」

王小石「嘿嘿」的表示他心裡自有分數。

其實，他的想法倒是：

如此良夜，如此中庭，如此星（螢）光，如此桃花……多幸福啊。

——人生世途多艱險，自古江湖多波折，要是能擁著這麼一個愛笑多嬌的人兒，共度此生，溫柔同眠，那已是人生至樂的事，也是他在人世至大的期求了。

不如歸去。

溫柔同眠。

王小石如斯自忖。

稿於一九九三年十一月十九至廿六日：電悉圳各路匯款收到／首次接獲云舒信，可珍可惜／通化市讀友石軼歌來信賜評／湖南俠友曾楚狂勵我再創神州／阜陽工程師讀友來信意誠／台灣讀者賀日亮來信有心／南京電台欲訪我／觀冊十數百幀旅行照一樂也／知雪梨已入主「大家健康」雜誌／小想來函可愛／風采刊出我「談玄說異」之「斗數篇」／沈信感人／二獲中國簽證／立群來信澄清印數問題／榮德傳真：電台欲訪、要推出我之《微型小說選》、匯至深圳手續出岔遭退款／姐訊倩安好，我亦心安／方來港四月餘，今終返，傾社相送／吾又孤單一人，獨戰天下。

校於九三年十一月廿八至卅日：汪傳真：與花山合作出書張達揚似有變／齒酸症竟不藥而癒／電勸姐作神州行，意動／習武傷頸肩筋，已復元／《棍》刊出遭誤會、波折／中州古籍冒名作：《江南七煞星》／李潛龍編纂之《溫瑞安妙語錄》寄到，編得甚用心、甚好／三入中國二赴深圳行：甚歡甚暢多斬獲／首C／訪青青家。

第廿章　我是你的溫柔

一　此時，此地，此情

「想什麼？」

「沒，沒想啥。」

「不說就算了，才不稀罕！」溫柔扁了扁、嘸了嘸小嘴兒，回頭找螢，螢都不見了，就改了目標去仰望天空，「我找流星。」

王小石也坐著，等流星。

兩人坐在草地上。

挨著。

雲很急。

風很涼。

這些都可以感覺得到的：

兩人更感到對方的心跳聲、桃花落的聲音、桃子落的聲音、桃葉落的聲音、桃樹上蟬知了知了的聲音，還有心跳的聲音……

王小石覺得這一刻很好。

月黑風高桃花夜，他但願就此坐到天明，哪怕坐上一生一世也無妨。

溫柔也很溫柔。

她平時是個活脫脫的女子，難得如此文靜溫馴。

現在她很乖。

還哼著歌。

聽得出來她是開心的。

王小石問：「怎麼不唱出來？」

溫柔答：「因爲我五官姣好，但五音不全。」

王小石笑了。

溫柔也笑了。

王小石見她嬌秀動人，忍不住說：「妳真是個溫柔的女子。」

溫柔也第一次聽人這樣說她，臉上發熱，「因爲我是你的溫柔。」

王小石聽得心口一蕩，忍不住伸出手臂來摟她靠近自己。

——他以前失戀多次，每次都吃虧在太早表了態，錯用了真誠，輸掉了自己，沒了神秘感，全得不到回報，換不回真情。

但他卻沒意思要改。

這點白愁飛也笑過他。

王小石只說：「二哥，談戀愛還要裝模作樣扮傲慢扭六壬的，我可吃不消，還是你勝任，你來；我啊，要這樣折騰法，我寧可這輩子獨身過活算了。」

連蘇夢枕也勸過他。

他只撒手擰頭說：「大哥，不行，談情說愛還得鬥智鬥力鬥功夫的，我搞不來。只要你喜歡我，我喜歡你就可以了，只是我一直是遇上我喜歡她、她不喜歡我的。大家逗著玩，可以；要是鬥計謀，那在一起又有何用？與敵同眠，不如失眠。」

不過，因爲失敗、失意、失戀多次，他也少了那一份一鼓作氣的勁兒了。

就在而今，他不知該不該摟溫柔，應不應抱她一抱？

——或許她願意？

——許或她不願意？

——她可是正等著自己？

——萬一翻臉怎麼辦？

——該抱她嗎？

——還是慢一步吧，小石，你去得太急了。
——該摟她嗎？
——你想歪心了。
——不，是因爲風大，怕她冷。
——她不是正覺得冷嗎？
——小石頭，你怕什麼？你還是男子漢麼？
——她剛才還親過自己呢，自己卻連碰也不敢碰一下！
——不如就親回她吧！
——這樣做，好嗎？
——應該嗎？
——親？
——不親？
——親還是不親？

「我的天！」

——王小石低低哀鳴了一聲。

◇◇◇

「嗯？」

溫柔眼皮微抬，瞄著他，睫毛長得輕顫著許多未剪未斷、要續待續的夢。

「我……」

王小石欲言又止。

「什麼？」

「我想——」

王小石清了清喉頭，已蓄勢待發，心中一直鼓舞著自己：

——小石頭，小石頭，你身遭十七八次失戀，這次千萬不要又衰了！

正把自己煽風撥火得惡向膽邊生之際，忽聽溫柔「哈」的一聲叫了起來：

「我倒有個好建議！」

「什麼建議？」

王小石只好問。

「留個紀念。」

溫柔興致勃勃的說。

「紀念？」

溫柔站了起來，奮悅得像啄食到平生第一條蚯蚓的小雞：

「此時，此地，此情，怎能沒留個紀念？我們各在桃樹兩處刻字，你寫你的，我寫我的，都四個字，可好？」

可好？

——當然好。

王小石雖有些惘然若失，但還是極樂意去刻這幾個本來就縷在他心裡的字。

不過，就算他不同意，溫柔也早不理會了。

她已意興勃勃的掏出了小刀。

趁著客棧裡微微透露過來的燈色一映，只見那是兩把精緻的緋色小刀。

——就像溫柔手上多了兩根指頭的小小刀兒。

溫柔將一把遞給王小石，一把自己拿了，還興高采烈的耍動了幾下。

王小石讚嘆道：「真精巧，原來妳還有這樣兒溫柔的刀！」

溫柔「哼哼」的仰著秀頷，臉有得色，「要不然人家只以爲我溫柔只會舞大刀？是你我才告訴：這刀兒我用來削竹、切箋、批果皮、刮指甲兒，不知多好用呢！」

然後她瞧著桃樹，瞑目闔什，虔誠的低聲說了幾句話，然後道：

「咱們各在一方，挑下要說的話吧！」

忽然又問了一句：

「卻不知刀尖刻在上邊，桃樹會痛嗎？」

王小石笑了，把玩著刀，說：「那我們的字就挑小一些吧。比桃花還子小的字，這樹便不介意的吧！」

溫柔卻在前想後想，想想覺得不妥：「太小的字，又挑得太輕，可還能紀念嗎？」

「怎會沒有？」王小石在桃花樹下，揚了揚小小的刀，朗聲道。

「我們的字雖小，但只要深刻真誠，每字都力勝萬鈞，永存不忘！」

二　挑

以王小石的功力，當然就算不用刀，他也能以內力刻得出字來。

但他還是乖乖的、極願意也極誠意的用手上的這把小巧的刀去挑。

挑上他要寫的字。

刻下他心裡的話。

因爲那是溫柔的刀。

同時他也不想拂逆溫柔的意思，不願意使她有一丁點兒的難堪。

所以他輕輕的用刀尖挑掉了樹皮，像生怕弄痛了樹身似的；兩人直刻得樹身簌簌的響，花葉都落了不少，連知了也歇了歌聲，但他們宛如未覺。直至溫柔也刻好了，退開了，他才表示雕完了，也退了幾步，含笑去觀賞自己刀尖上的功夫。

然後他們會心的笑著，帶著乍驚乍喜的心情，一個負背著手，一個踮著腳尖兒，去看對方爲自己刻下的字。

映著店棧裡一點點的微芒，他們各自瞧見彷彿前世約定的四個字。

溫柔細細柔柔的唸：

「不 離 不 棄 」

然後她「咭」的一聲，笑了出來，只覺得自己指尖發冰。

王小石待她唸完，才誦：

「不 分 不 散 」

兩人不覺一起吟哦起來：

「不分不散

不離不棄」

溫柔高興得什麼似的，只說：

「哈！我們寫的意思是一樣的，真是不約而同呢！算你刻得有意思，刀就送你一把吧！」

「千謝萬謝。」王小石也逗興兒說：「還好我臨到挑樹皮的剎間，還是決定用這四個字。」

溫柔聽出味兒來了：「怎麼？你原想還有別的字呀？」

王小石直說：「我原本想挑下『一生一世』這四個字。」

溫柔想了一下，道：「那也很有意思呀，爲啥不刻下？」

王小石直直的道：「後來就回心一想：一生一世？只一生一世？來生來世呢？

咱們那末有緣，說不定前生前世咱們也是在一道兒的呢！」

「快別在桃李樹下說有緣，會講散掉的呢！」溫柔噓聲制止他，又說，「那你為何不刻三生三世呢？」

王小石直乎乎的說，「刻七生七世也行——可是，妳可願意下輩子都跟我過麼？會不會這輩子已怕了我了？刻下去，可不能改哦！改了，樹會疼唷，也許還會生氣呢！」

溫柔嬌羞的搥他一下：「小石頭，你這個傻鬼，連刻句話也作鬼做怪的，小心我又不理你了——你就老沒真心的！」

忽聽一個語音自天下一清二晰的傳來：「他不是沒真心，也不是愛做鬼作怪，他這個石頭大俠，只愛逗女孩子笑鬧開心，就像他對我一樣。」

乍聽這句話，還以為是女媧天神在黑沉沉的蒼穹裡說話。

之後還錯以為是花仙。

或是樹神。

其實不然。

是人。

她是人。
她當然是人。
而且還是熟人。
——王小石的「熟人」：
蔡旋。

◇◇◇

她的衣肩衫裙，還沾了好一些花葉花瓣。她的神情很是帶了一點慵懶，懶得幾近不屑，懶得也只有不屑，而提不起勁去恨。
她連撥去衣袂上的花葉的手勢，都是不屑的。
她的身段很好，霎眼乍見，溫柔還幾疑她是朱小腰。
但她不是小腰。

她是蔡旋。

「你不是一直都在這兒等我嗎？」蔡旋說，「這是我跟你會合之處。現在我可來了。你的神情怎麼這般逗？」

王小石道：「妳來了。」

他心中卻大生警惕，自己正與溫柔濃情蜜意，又信任溫六遲在這兒的機關佈置，以致一時沒察覺那樹花間有過幾次異響異動，而知了也忽沒了聲。若蔡旋是敵，可大是不妙了。

蔡旋的語音竟有一種「吹彈得破」的感覺：

「我來了。」

「妳來早了。」

「我只是讓你少等幾天而已。」

溫柔左望望、右望望，終於忍不住問：「她是誰？」

王小石一時不知如何說好，蔡旋抿嘴笑道：「我叫蔡旋。」

溫柔狐疑地道：「妳是……？」

蔡旋氣定神閒的說：「我知道妳是溫柔。」

溫柔不與她說話，只銳聲問王小石：「你把我們大夥兒兜兜轉轉的引來此地，一住數天，爲的就是等她!?」

王小石傻乎乎的答不上邊：「我……」

溫柔氣得只問：「我只要知道：是也不是!?」

王小石一時答不上來，蔡旋又「拔刀相助」的替他答了：

「我是他一個不敢忘記的女子，他當然不能不等我了。」

溫柔氣得淚花亂顫，轉首恨聲一字一字的問王小石：

「有、沒、有、這、回、事!?」

王小石只好答：「有——可是……」

溫柔氣極反笑：「好，好，好！我跟你說的話，挑的字，你卻苦心佈置好，找人聽，讓人看！枉我對你——」

她揚手就要給王小石一記耳光。

王小石沒有避。

他寧願先給溫柔摑上一掌，讓她消消氣。

由於他在感情上曾受過多次的失敗，甚至是爲禍至深的慘敗，使他深記不忘，陰影常在，所以一旦遇上女子對他嗔怒之時，他便失卻了他平時的機伶百出、從善如流，而只會怔怔發呆，任由局面變壞，他卻只能逆來順受，祈求對方的原宥和息怒。

當然，有的時候沒有語言就是最佳的語言，所以此事無聲勝有聲；但有些時候卻沒有反應便是最差的反應，這一刻便是一例。

溫柔本來要摑王小石一巴掌洩洩氣，但見他竟閉上了眼沒有閃躲，頓想起何小河教她的話，反而不打了，狐疑的問了一句：

「你以前給女人打過耳光吧？」

王小石老老實實也平平實實的點點頭。

溫柔只覺一股怒火往上直沖，頓頓足，望望似笑非笑像在看一場戲的蔡旋，忽然竟一笑。

她這一笑，卻不現酒渦。

一點梨渦也不見。

王小石見了，只覺心寒。

只聽溫柔狠狠的白了他一眼，狠狠的笑道：「好！我們的王英雄是吃慣了女人耳光的，小女子溫柔雖瞎了眼，也無意要加上這一記掌印，只好親一親你，讓你恒存紀念。」

說著，竟當著蔡旋面前，在王小石頰邊，啫地親了一下。

這一下，不知親的人是什麼心情，但給親的人王小石，卻心驚肉跳，百感交集，跟剛才那一吻的綺旎風光，早已迥然不同，天淵之別。

三 去年今日此門中

其實，這時候，溫柔也期待王小石說些什麼。

但王小石卻沒說什麼。

他一時間什麼也說不出，只在心裡狂喊：

——糟了糟了，又一次，自己心愛的女子要跟自己訣別了，怎麼辦？怎麼辦哪！怎麼每一次都這樣子，每回都如此……！

他心裡狂喊，口裡卻沒了聲息。

溫柔冷笑一聲道：「你倒沉默是金。」

蔡旋拍手笑道：「你們倒恩愛親熱。」

溫柔反身，冷哼：「他等妳？」

蔡旋迷迷的笑道：「不然他在這裡等吃桃子？」

溫柔語冷若冰：「妳來是爲了找他？」

蔡旋居然道：「我那時還不知妳在，所以千里迢迢來趕赴，卻也遇上了妳。」

溫柔忽一跺足，掉頭而去，只拋下了一句話：

「好，我不礙著你們了。」

她直往通往客房的月洞門裡疾行而去。

王小石知道此時再也遲疑不得，正欲呼止，此際，月洞門內卻正好轉出兩人，溫柔低首疾行，幾乎撞得兩人滿懷。

兩人同時閃身，讓過。

一人身形輕巧。

一人身法奇詭。

只聽一人招呼道：「溫姑娘，發生什麼事？」

另一人卻念偈道：「阿彌陀佛，溫姑娘可否把話說清楚了再走？」

溫柔恨恨的盯了二人一眼，又回頭來狠狠的掃了王小石和蔡旋二人一眼，再狠狠的說：「你們——全部——陰陽怪氣的！我恨死——你——們——了——！」

然後就走。

她的身影消失在月洞門外。

在這之前，這月洞門未有她的身影。

在這之後，她的身影已消失在那兒。

她的身影，只在這一刻掠過了這門，停了一停，頓了一頓，留下了怨恨的眼光，留下那句狠狠恨恨的話就走。

可是這都留在王小石心裡。

腦海裡。

——怎生得忘？

不思量，自難忘。

細思量，更難忘。

——人，總是難以忘情的。

可不是嗎？

◇

莫名其妙的是那兩人。

那在月洞門出現的兩人，一個是三姑大師，一是客店主人溫六遲。

他這次可又多了一「遲」。

——他來遲了。

「我來遲了，」這回連他一開口也是這樣說了，「我見她趕來了，就告訴她你在院子裡，沒想到，卻害了你……」

王小石木然道：「是我要你一見她就請她過來的。」

蔡旋看了一陣，觀察了一陣，又想了一陣，這時才說：「你後悔約我來這兒了吧？」

王小石道：「我還是謝謝妳歷盡艱辛的趕來這兒。」

蔡旋瞇著眼、玉著醫、柔著聲、銳著意，說：「歷盡艱辛還不致於，莫忘了我擅於易容。但我確是一心一意的趕來這兒。你大概是心裡忍著沒罵我吧？若不是我救過你，恐怕你早就把我攆走了。」

王小石只道：「我是欠了妳的情。」

蔡旋迷著眼道：「我的情是欠不得的。」

王小石無精打采的道：「可是我已經欠了。」

蔡旋又迷著聲道：「可見女人的情都是欠不得的。」

她用眼色瞟向溫柔身影消失的所在，道：「女人也是寵不得的。」

王小石苦笑。

「我只怕沒這福氣寵她。」

「女人一旦給嬌寵了，就像駕到崖邊的馬車，不勒止，就要飛了——但只能飛那麼一陣子，可一輩子都完了，玩完了。」蔡旋極不同意，「你難道要女人對你這樣子嗎？你難道忍心讓你寵的女人就這麼飛下去嗎？」

王小石無言。

溫六遲忽道：「蔡姑娘，妳不遠千里而來，長途跋涉，也是累了，好不好讓我給妳找間上房，好好歇歇再說？」

蔡旋只笑出一只酒渦，向王小石緊迫盯人的道：「女人是寵不得的，甚至也是讚不得的。嬌縱壞了，是男人的不好。本來就沒有不好的女人，只看男人有多壞。你喜歡她，只能喜歡在心裡；你寵她，就把她給慣壞了——那時你再愛護她，她不覺得厭煩，也只覺得應份；一旦你對她不夠好時，她又怨你沒真情了。女人是慣不得的。」

她頓了一頓，忽然突兀的說了一句：「你是個好男人，卻從來沒遇上　個好女人。」

溫六遲又道：「璇姑，妳累了，妳不累王少俠也累了，妳上房歇歇，一切明兒再說如何？」

蔡旋這回「嘿」地一笑，一揚頷，像隻高傲但纖秀的鳳凰，只說：「我會去休息的。溫老闆放十二個心，你那位陳張八妹早已張羅好一間雅房給我，我璇姑自有睡處。再說，我叫章璇，不叫蔡旋。我原姓章，不姓蔡。我章璇所惹起的事，自會料理妥當——我也不習慣欠人的情，更不愛看人家如喪考妣的臉！」

說著，刮起一陣桃花風。

花落。

身起。

她也走了。

飄走的。

——亦自那扇月洞門。

王小石依然負手不語。

溫六遲看看王小石在桃花樹下的身影，只覺得這人比自己還孤獨，而且還孤獨得多了。他實在沒辦法想像：一個平日那麼愛熱鬧、湊熱鬧、甚至有他在就有熱鬧的小石頭，怎麼一下子背影如此悽寒起來了？

所以他很有點耽憂：「你看他會不會有事？」

他問的當然是三枯大師。

三枯答：「他不是第一次失意了。」

溫六遲道：「可是他是一個很重感情的人。」

三枯又答：「他也不是第一次失戀了。」

溫六遲說：「不過他這次是陷得很深，特別深。」

三枯一時無言。

溫六遲又道：「據我所知，他之所以遲遲不離開京師，不是爲功，不是爲名，更不是爲權，只爲了人在溫柔鄉，放心不下這溫柔女子而已。」

三枯陡地笑了一下。

無聲的。

溫六遲忍不住道：「你何不過去勸他一下？」

三枯反問：「我勸？有用嗎？」

溫六遲熱誠的說：「他比較聽你的。這點說來有點奇怪。」

三枯無聲的嘆了一氣，「聽誰的，都還不是一樣？傷心，是心底裡的事，誰知道？誰勸得了？」

溫六遲鍥而不捨：「可是，我們總是他朋友啊。」

三枯淡淡地道：「那也畢竟是朋友而已。蘇夢枕就說過：世上最艱難的時候，總是要一個人去渡。」

溫六遲仍滿懷關心的說：「——你看，這一次的事，他能抵受得了嗎？」

三枯悠悠的道：「去年，在這兒，他因要回去探訪家人，也匆匆來過這兒一次。」

溫六遲怔了一怔，想了一想，道：「是啊，那時咱們幾人還在這兒，聚了一聚，大家還勸他一是擺明旗幟，領兵抗遼；不然，就索性造反，換了這腐敗朝廷！省得這樣不黑不白，半江不湖的，浪費了大好身手！可他就是沒這個大志。」

三枯道：「他有他的用意。一個人要量才適性。不愛喝酒的，提壺猛灌，難道要醉得頭頂上開出朵花來不成？去年，今日，這兒只有我們，溫柔還沒來過這兒，章璇也未出現。」

溫六遲才有些意會，頓了頓才接道：「是的。」

三枯道：「今年，今日，她們來了，可是又走了。」

溫六遲憬悟的說：「都經從這月洞門下來去。」

三枯道：「卻仍剩下了王小石。」

溫六遲接說：「還有我們。」

三枯道：「還有這花這樹。」

溫六遲道：「依然花開花落。」

三枯：「一切都宛似沒變。去年冬消失的蜂蝶，今年又回來了。」

溫六遲：「失落的也許只是心情。」

三枯：「只要人尚在，失落的心情，遲早能熬過去，重新拾掇的。只要心在，那怕沒有情？」

溫六遲：「你說的對。」

三枯：「去年今日此門中，本來沒這情景，來年今日，也許就一切事過境遷、重新開始了。」

溫六遲：「我明白了。」

然後他向王小石走去，邊對三枯大師感激的說：

「你的指示很管用，我還是先勸他歇一歇去：只要熬過了一時，以後，就會好過了，傷心時只要不去想那傷心事，就不會心喪欲死，心仍是那顆心了。只要一心不動，就不怕情海多變。」

他領悟的走向王小石。

花樹下的王小石。

——爲誰深院黯負手？

——爲誰風露立中宵？

黯淡、傷情、銷魂的王小石。

溫六遲當然沒聽到三姑大師也有一聲輕得比風更輕的喟息：

「誰欠誰的情？誰負誰的義？才見他桃花開，又見他桃花落。那麼苦的甜，那麼甜的苦：他是不甘淡泊，我是自甘寂寞。」

伊之語音，比花落還輕。

這時候，忽有一道流星，自長空掛落。
很璀燦的伊始，還拖了個艷色天下重的尾巴。
可惜，這時候，誰也沒察覺、沒注意、沒發現她。

稿於一九九三年十一月廿九至十二月十五日「三劍俠」深圳行：入住多家酒店，新嘗試，新經驗／遍遊鵬城，「無微不至」，尋獲北京師範版：《刀叢裡的詩》；台聲盜版：《大俠傳奇》；山東文藝冒名書：《刀．劍．槍》；中國電影盜印：《刀》四集；中州古籍盜版：《哥舒夜帶刀》上下集；假中國友誼版：《四大名捕會京師》；溫「端」安著之：《江湖血手掌》；安徽假版：《殺人者唐斬》上下冊、附錄豐富；東方新引介：《七幫八會九聯盟》，有趣；《神州奇俠》敦煌新版：《劍氣長江》上下冊／葉神油連日一再惹事可怒／何失證警惕。
校於九三年十二月初三赴圳：李傳真；為我追查失款事，並補匯款至／羅FAX：「名捕」、「刀叢」已獲批，要我即進行／去盡夜市、市場、各景點、酒店／已收到數萬匯出稿費，另數萬將匯至／達明王電為我處理追討版稅事／中國戲劇出版社張潔欲出我「金血」系列／偶爾不意填名表，得識多位讀友／與阿蝶、阿梅、鄧肯、鍾琪、春蘭等交好。

第廿一章　她是她自己的溫柔

一　人面桃花相映紅

但他們誰也沒等到下一顆流星出現之前，就已分了手。

◇◇◇

不開心的當然不止是王小石。

——還有溫柔。

◇◇◇

溫柔當然不開心。

她忍住沒有哭出來：

——真正傷心的時候，淚是往心裡淌的，不是哭出來給全世界都知曉的。

所以苦是一個人的事，開心熱鬧卻是大夥兒共享共度。

誰都一樣。

她溫柔也不例外。

——只不過，那一段在花樹下看花落，等流星，賞流螢，刻心語的溫馨，卻是何其短、何其速、何其留不住、挽不回啊！

——死王小石！

（竟比白愁飛還沒良心！）

——枉我溫柔對他那麼好！

（我溫柔本就不該對人好的！）

——他白費我的心意了！

（那女子是什麼人？怎麼我沒聽說過？）

想到「王小石沒告訴過她那女人是什麼人」這事實，她的眼淚可就來了。

一發不能收。

不可收拾。

幸好她已回到房裡。

她住「秋月閣」。

「秋月閣」就在二樓。

——溫六遲開客棧的目的是：「給遊子一個可以戀棧的家」，所以他把每一間房都起了一個雅緻的名字，還把房間與其名義佈置得十分切題。

回到房間，就剩下她一個人了。

她哭。

大哭。

大哭特哭。

但不出聲。

爲了要作無聲之痛哭，她咬住枕頭噎住自己的聲音，她套著厚被來悶住自己的哭聲：

——絕不可以給那女子聽到！

——她決不給王小石聽見！

（我哭我知。）

（我泣我狂我痛我苦我的事！）

（我哭給自己聽。）

（我只爲我受傷的心而哭。）

想到這時只她一個人寂寞地哭著，她就份外的懷念她的爹爹，就越哭越傷心。

哭了好久。

哭完了。

哭完了之後，眼皮子也腫得核桃老大似的，她下定了決心：

——她是溫柔。

——她溫柔是不屬於任何人的！

——她是她自己的溫柔！

◇◇◇

爲了不讓自己哭出聲，她是咬著自己的手腕睡去的。

她的淚猶在臉上，未乾。

她快朦朧入睡前還飲恨的想著：

（我對他那麼好。

那麼主動。
他竟跟另外一個女子來欺侮我。
我第一次對他那麼溫柔，但卻得到如此回報，這樣下去，怎麼得了？）
她越想越委屈。
越是難過。
然後她不知真的看見了還是夢見了：
桃花。
不止一棵。
很多很多的桃花樹。
一道溪流，打從中間穿過，兩岸都是桃樹，映紅了溪流。
溪邊上浮滿了落花。
落花飄零。
飄零的落花。
緋紅色的江。
江上映著人面。
艷若桃花。

——是她自己的臉啊。

然後一朵花落下來了，打亂了水鏡，起了一陣漣漪。

波止瀾息之後，水面上又多了一張人面。

好熟悉的臉。

——那麼亮但不侵人的眼神。

——那麼兩道寬容而固執的眉！

——那兩片溫和但堅定的唇！

——那是他：

小石頭！

不知他在笑，還是在咒罵，抑或是在向自己求饒，只知道他專注的凝神的自水面望著自己的倒映：

——啊，他看的是人面、還是桃花？

她只覺一陣又一陣的心疼。

外面似傳來一陣又一陣兵荒馬亂、戰禍連天的聲音。

甚至有天崩地裂、雹擊電殛的亂世之聲。

她想站起來，可是無力。

她要轉過去，但也無法。
她發現只有王小石那眼神是凝定的、不變的。
儘管水紋已開始變了：
亂了。
——漣漪又起。
一切將逐漸紊亂、消散、寂滅。
但是她幾乎連眼皮都睜不開了。
她不是剛睡去了嗎？
還是她一直都醒著？
剛剛所見的，都是真實的嗎？所聽見的，都是真的嗎？
究竟她在夢中，還是那是別人夢裡的她？
——誰的夢裡？
她忽然想起了王小石。
她心頭一亂，眼前就比水上的波紋更亂了。

她想到這裡，就此完全失去了知覺，墜入另外一個世界裡。
那世界是流動的。
浮的，像在水面上。
但沒有落花。
沒有人面。
只有一片空。
一片白。

一片無盡的空白。

她當然不知道那時她不是浮起來的。
而是給人抱起來的。

二　人面不知何處去

王小石要比溫柔清醒。
所以他更痛苦。
因此他至少還分辨得出：
那像大軍壓境滾滾而至的是雷鳴。
那霹靂一聲剎那間天蒼地白，一清二楚中瞬息間反映著不清不楚的是電光過處。
然後，雨就下了。
像瀑布倒在屋瓦上。
──這麼大的雷雨風暴，卻不知那株桃花怎樣了？
明兒花兒落盡未？

卻不知溫柔怎樣了？

——她會不會像以前那樣怒得快但氣消得也快？

他思前想後，反來覆去，很想去找溫柔解釋這一切。

但又怕她還在生氣。

怕她睡了。

怕驚擾了她。

——一切，等明天（至少今晚天亮以後）再說吧？

他當然在痛悔自己那時爲何不把握時機解說清楚，但另方面，他也覺得：不說明的誤會，還可以說是把對方氣走了；要是說明白了，對方仍是不理他，那只怕又是一次人家對自己的放棄了。

他怕面對這個。

他也有怕的事。

有的。

誰都有的。

像此際，他就怕風太強、雨太大，會把樹上那些字洗脫了、刮走了。

他多希望樹幹上刻的不分不散，不要成了不見不理，或成了事實上的不死不散了。

他關心溫柔。

——溫柔是他的年輕、活力與溫柔，也是他的善良。

——溫柔是他的陽光。

可是今晚有雨。

且是大雷暴。

他還耽心那棵樹。

那些花和那些桃子，能經幾許風雨？人的一生又能經幾場風？幾場雨？

——那幾個字呢？

也能經霜更艷？遇雪尤清？

他忽爾想起墜如花落的朱小腰。

念起暗中掌號「六分半堂」的雷純。

還有每次出現都有一場淒艷狙殺的雷媚。

還有花……

以及雨……

落花如雨。雨如花落。花落如雨。如雨花落。如落花雨。如花雨落。落雨如花。落如雨花。落。雨。花……

一張張的人面。

艷顏。

一朵朵的桃花。

美姿。

最後花和雨都灑落在水上，漾起一波又一波的漣漪，一圈又一圈的漣漪。

漾盪不已，聚而復散，消而復合，周而復始。

最後都變成了一張比水還清、比花還嬌的臉：

溫柔的臉。

就在這一刻裡，王小石真的有點分不清，到底這是夢還是真。

他真看到溫柔的臉。

他甚至看得見溫柔在想什麼。

溫柔在迷惑：

她正幾疑自己是在夢裡，還是別人的夢中？她在這夢裡看見自己，還是在王小石的夢裡遇上自己？她是在她的夢見著王小石，還是在他的夢裡夢到王小石夢見自己？

溫柔分不清。

王小石一時也弄不明白。

——這是自己的夢？還是溫柔的夢？或是溫柔正夢見自己的夢，還是自己正夢到溫柔的夢？

——又或是他們只在別人的夢裡夢在一起，甚或是那根本不是夢，誰也沒有夢了，彼此一早已夢醒？

許是因花摻合了雨，還發出了一陣又一陣馥郁的香味……甜香。

——那是落花的味道吧？

帶點桃香。

令人陶醉。

——只太濃郁，略嫌過香。

太香了，帶了點艷，整個人都浸在香味裡，像變成了香，飄了出去。

（怎麼那麼香？）

香，似乎成了一種實體，一種液體，把他溶溶的浸透著，快融入骨髓神魂裡去了。

（咦，好像是太香了吧？）

他忽然警覺：

——這香!?

他欲振起。

乏力。

他原住於「春花軒」，就在溫柔「秋月閣」的對面。

他已躺在床上，思念著溫柔。但就在這一剎間，他已驚出了一身冷汗。

這時轟嗡一聲，又一道霹靂過處。

外面風大。

雨大。

風雨暴肆。

店內黑闇一片，只浸在酥心醉肺的的夢香之中！

他一察覺不對，欲起，膝一軟，腳一浮，又落在榻上。

一時間，心中腦裡的一張張溫柔的臉，全碎散在雷電交加的夜裡。

人面已不知何處去。

但香依然香。

依然入了骨又透了骨的香著，像一個主題，又像一場夢魘，更像一張舖天蓋地的大被子。

他真想就此睡去。

恬息。

——就算死了也無妨。

而死，正是夢的酣處，夢的核心，睡的最淋漓處。個人最深的夢就是死，天下最大的夢便是寂滅。

◇◇◇

就再這時，忽聽「夏蓮居」裡有一女子尖叱了一聲：

「『下三濫』的『人面桃花』！大家當心！」

王小石迷糊恍惚中，忽然記起：何小河正是住在這「夏蓮居」裡！

三 月黑風高殺人夜

「下三濫」有三種獨門迷香，稱絕武林，那就是：

溫柔香

四不像

人面桃花

何小河正是「下三濫」何家的女將。

而今她大叫出聲，因爲她正聞著自己家族的絕門迷藥：

「人面桃花」！

◇◇◇

「人面桃花」：

人的臉，桃花的香！

——兩者結合一道，那就是無可拒抗的迷香。

它不毒。

所以性子不烈。

性子不烈，就不突出，混在桃花香裡，教一流高手也無從分辨，無法防備。

所以這是專迷倒一流高手的迷香。

它只迷倒人。

迷倒，就是失去了戰鬥的能力。

——對真正的武林高手而言，失去了戰鬥能力，無疑要比中毒、受傷、遇伏更折騰人。

也更可怕。

「下三濫」一門之所以能以一小族人就能震懾武林，就與他們的作風、手段以及獨門絕技有著極大的關係。

——「人面桃花」即是其一。

何小河今晚很早便睡去了。

早起風雨之前。

她也沒去院子裡經歷王小石那一場感情上的驟風急雨。

所以她睡得很安祥。

不，簡直是熟睡如死。

她睡覺向來都有鼾聲。

她很不希望人知道這一點。

她甚至抗拒這一事實，曾經在人指出後還堅決不承認這事。

但她終究知道這是事實。

——不僅她以前青樓生涯時，客人狎戲取笑過她，她也為此翻過臉。直至有一次，她午夜夢迴，人是醒過來了，眼是睜開來了，整個身子卻保留著原來的姿勢沒變，那時，她就清清楚楚的聽到一種聲音：

鼾聲。

——她自己體內發出來的鼾聲。

從這時候開始，她就知道她確要面對這個事實了。
不過，今晚她也突然驚醒。
但卻不是給自己的鼾聲吵醒的。
而是另外一種奇異的感覺：
不是聲音。
——而是味道。

◇◇◇

香。
——香味。

◇◇◇

她被一種熟悉的感覺喚醒。

她擁被坐起，她竟聞到了：

一種「家鄉」的味道！

◇◇◇

——「家鄉」的味道是什麼？

有的。

你只要細心留意一下，「家鄉」是有味道的。

那可能是葉子發霉的氣味，可能是杏子熟了的甜苦味兒，可能是日頭照在石上的烈味，也可能是那兒的人家多吃了辣椒麻油，糞便中便帶了一種辣辣的沖味……

不止是「家鄉」有味道，連「家」也有味道。

那可能是你的鞋味兒，孩子的尿味兒，家裡神檯上還氤氳著去年的年糕味，老婆經過搽了香花油的味兒，甚至是你經過樓底時不意多打了幾個哈啾所留下來的噴嚏味兒……

何小河突然振起。

因爲她聞到了那味兒。

那是桃花味兒！

——她就像是嗅著了危機。

這桃花味跟外面那株桃花味，是幾乎沒有差異的，就算有，也只不過比較濃郁一些而已，但在如此雨夜裡，是誰都分辨不出來的。

可是何小河分辨得出來。

對她而言，那桃花味：少一分只引人誘人，多一分則可死人殺人！

——別的味兒都不怕，就怕這桃花味兒！

◇◇◇

她一聞到，大叫一聲，立即翻抄包袱，找出一個盒子，崩地彈斷了銀色小鎖，裡邊有三粒銀色小丸，她立即彈一粒於口中，嘴裡含著，人已衝了出去。

她一出套房門，剛好有一道閃電，她就見到四個人。

儘管店裡非常黑闇，她還是遇上了這四個人。

她馬上知道自己的判斷是對的。

這四個人，臉上都套上了面具。

面具非常粗糙，只畫上了張有五官的臉譜。

這面具的嘴，卻非常特殊，也很突出，唇上不住噴著一種緋色的霧！

——這就是了！

這就是「人面桃花」！

◇◇◇

「人面桃花」是一種味若桃花的氣體，著後令人渾身無力，這迷香就安置在「下三濫」特製秘造的「面具」裡。

——得到這「面具」的人，就可以戴上它，一面吹出迷香，一面付諸行動。

◇◇◇

何小河先服的解藥叫做「笑春風」。

但服下解藥不代表就能夠不「呼息」。

只要呼吸，就不得不畏忌「人面桃花」的威力。

——只有戴上那特製的面具，才不會讓迷香回侵。

可是何小河已無可選擇。

因爲看來大家好像都著了迷香：這四人如入無人之境。

而且正往「秋月閣」和「春花軒」裡闖去：

——看來，歹徒志在向王小石和溫柔下手。

何小河已不能退。

也不能走。

她更不能迴避。

——因爲對方使的正是她本門的迷香。

她只有一個人。

對方卻有四個。

而這正是個：

月黑風高殺人夜。

她要面對。

◇◇◇

她尖叱一聲：「你們是誰!?」

那四人一怔。

他們顯然沒有想到居然還有人著了「人面桃花」而不倒。

他們也只怔了一怔，然後就做了一個手勢。

其中兩人，一持刀，一拏劍，向她兩頭包抄而來。

另外兩人，一提槍，一執棍，已蓬然踢開了「秋月」、「春花」兩房的門，要攻進去。

他們熟練而合作無間。

狠而俐落。

霹靂一聲。

電光破空亮出了祂的利爪，一閃而沒。

這正是個：
月黑
風高
殺人之夜。

◇◇◇

何小河只一個人。
黑夜卻以威皇無敵的姿勢佔領整個局面，偶爾下令行雷閃電肆一肆威、恣一恣凶。
敵人不知有多少？
她縱抵擋得了，又如何分身去救人？
她只覺孤立。
孤軍。
——但仍要作戰到底！
她心裡頭不禁低喊了一聲：

「老天爺！」

就在這時，轟嚨一聲，又一道電光劈頭劈面打落下來。

只見／聽／聞有幾間房門都一併而踢／打／撞開了，有人大喊：

「小河別怕，我阿牛來助妳也！」

稿於一九九三年十二月十六日至廿一日：原擬平安夜出行丹霞山可能取消／小華錄音「花城」欲出我書／姊謂「殺人者唐斬」大馬已出錄映帶／方傳真有人情味／星洲日報寫中國書市暢銷書我在榜／風采來刊登「談玄說幻」版位注重／失聲／沈信樂觀估計我作品仍將「升溫」／「中國友誼」已出書五十餘種，銷量已逾千萬／蘇州讀者周書寧、上海讀友葉錚、秦城讀者高永鋒、哈爾濱讀友時培峰各來信佳／因我出門時友未能妥善照顧魚兒，死傷無算，今起下決心不養魚了，五年人魚一場夢。

校於九三年十二月廿二日：冬至／初見我「六星陣」專欄文章／倩電孫／金屋水晶神壇佈陣重新大調動／

江蘇文藝補匯款已至／「六人幫」系列稿酬又匯至／貴陽市女讀友蘇曉薔來信／雨歌統計「神州奇俠」新版讀者眾／有陳忠明者欲得我書版權／榮德兄傳真：事事清楚交代／近月以來（聖誕）首次大會諸門生敘舊迎新／動意將明年初華東、江南遊改作上海、北京行／心怡友：李勁華、孔祥陞來賀咭／風采稿仍在，大馬親友錯報訊／小緣於祖、嘉、曼、俐，歡。緣來緣盡皆隨緣。

第廿二章　她是你的溫柔

一　一拳天下響

何小河不是孤軍作戰。

第一個人跳出來助她的是：

梁阿牛。

◇

梁阿牛也一樣著了迷香。

但他作戰意志特別堅強，而且，他一聽何小河的呼聲就醒了一半。

儘管他仍暈陀陀的，但他決不讓何小河獨戰江湖。

所以他「拍」的一聲，折斷了自己一隻手指。

強烈的、尖銳的劇痛使他清醒了一下、清醒了一些。

他立即揮動牛角尖加入了戰團——與何小河並肩在梯口作戰。

他要何小河知道：

——她還有他。

——她不孤獨。

可是，他得到何小河的第一個反應就是：罵。

「你來這兒幹啥？我還用得著你幫！還不下去救小石溫柔!?」

她一面罵，一面彈給他一顆解藥。

梁阿牛給罵得一臉灰。

——然而他卻不知道，在黑暗中的何小河，已淌下了淚。

感動的淚。

◇◇◇

其實，梁阿牛已吸了桃花瘴，全身的勁已酥了一半，麻了一半，能發揮的武功亦十分有限。

何小河雖嘴含解藥，但仍得盡可能不作呼吸，作戰能力也由是大減。

那攻上來的一刀一劍，對他們而言，已十分不好應付。

——他們那有能力去解溫柔小石之危？

有。

還有一個。

至少還有一個。

——唐七昧。

「獨沽一味」唐七昧是「蜀中唐門」的人，他本來就擅於用毒。

擅用毒的人也善於解毒。

他雖未至百毒不侵，但至少一旦中毒，就生警覺，他馬上服上唐門的解毒藥物來克制住毒性，先把眼前一場危境應付過去再說。

他服下的藥也只能克制住小部份的迷眩感覺——對方下的是毒，他反而早就能察覺了，如果他著的是毒，反而可以對症下藥。

可是迷香他不行。

——那是「下三濫」的東西！

他只能消滅部份暈眩之意，勉力應戰。

他就攔在溫柔的門前。

那拏著長槍的人，一時也闖不過去。

——唐七昧就算只剩下了三味半，他那「憑感覺出手」的暗器畢竟也不是好對付的。

可惜他縱再不好對付，也只是一個人。

他攔住了長槍客，卻擋不了揸著長棍攻入王小石房間的刺客。

「砰！」的一聲，那大漢一棍子就砸開了王小石的門。

何小河急。

梁阿牛急。

唐七昧急。

何小河梁阿牛唐七昧都急。

但他們卻分不過身來。

——著了迷香之後的他們，應付這三名刁辣漢子，已力不從心，左支右絀了。

眼看「春花軒」已教人攻入了，怎叫他們不心急若焚。

——敢情其他的人都著了迷香，不省人事了。

誰來救王小石。

◇◇◇

拏棍子砸了門的漢子忽然退了出來，一面還弓著背緊張的迎敵。

只見一天神般的大漢大步自王小石房裡跨了出來。

何小河、梁阿牛、唐七味一見，都又驚又喜：

「唐寶牛！」

只聽那人如春雷般一聲斷叱：

「還有我唐寶牛，誰敢傷王小石一根毫毛!?」

◇◇◇

他來了！

他終於站起來了！

唐寶牛終於振作起來了！

◇◇◇

唐寶牛著的「人面桃花」，反而比較輕、比較少。

因爲他睡不著。

他念著朱小腰，念茲在茲，念念不忘，所以失眠。

失眠使他清醒。

使他警覺到桃花香的不尋常——誰也別忘了，他也是姓唐的，他是蜀中唐門的外系子弟。

他仍沒有死。

他只是傷心。

——傷心雖比傷身更傷，但傷透的心總有一天會有癒合的時候！

——這是他生死之交的生死關頭。

他現在就是站起來的時候！

——可惜方恨少想必是著了迷香，在做他香甜大夢，否則必為唐寶牛的復起維護朋友死戰，而感動的熱淚盈眶。

◇◇◇

唐寶牛一加入了戰團，守住了王小石的房門，這一來，就變成四名狙擊的大漢對付何小河、梁阿牛、唐七昧、唐寶牛四人了。

那四人一時攻取不下。

——時間愈久，對這四人就愈不利。這兒畢竟是溫六遲開的客店，他和他的手下遲早會在藥過香褪之後趕援。

他們已情知這一次恐怕已討不了好。

他門現在剩下了一個希望：

希望在一個人身上。

——他門希望那個人能及時／願意／肯出現。

那是個強援。

◇◇◇

忽聽外邊霹靂一聲，又是一道驚雷。

「蓬」的一聲，客棧大門給一拳砸爛。

那人堂而皇之、鬚髮虯張的大步跨入。

只是那人在門口頓了一頓，長空又劃過一道閃電，那人乾嗄著聲音嘶吼問道：

「叫王小石出來受死！」

劈勒勒連聲，又震起一道驚雷，院子裡一陣山搖地動，似有什麼事物給擊著了，又似牆坍地移。

◇◇◇

四人大喜。

——這四名以迷香攻入的狙擊者正是「大四喜」。

他們所等的人來了。

終於來了。

——王小石完了。

◇◇◇

「神油爺爺」葉雲滅。

葉神油來了。

他正以勢不可擋之威，一步、一步、一步走上了樓。

梁阿牛竭力分身去擋他。

他一拳。

梁阿牛的身子就「夸勒」一聲壓斷樓梯欄杆掉了下去。

唐七昧悶哼了一聲，也去攔他。

他又一拳。

唐七昧讓過一旁，捂胸扶住。

他每擊出一拳，好像天下萬物，都同時爲之震動。

唐寶牛正站在王小石門口。

葉神油怪眼一翻：「滾開！」

唐寶牛牛眼一瞪：「我不滾！」

葉神油全身骨節拍拍勒勒作響：

「你攔得住我!?」

唐寶牛將一雙拳頭拗得卜卜作響：

「攔不住也要攔。」

葉神油怒喝道：

「那你去死吧！」

忽聽一個聲音道：

「小唐讓開！讓我來！」

人隨聲到，一道布衣已攔於唐寶牛身前，面對葉神油：

正是王小石！

——小石頭！

二　朝天喝問

——小石頭來了！

（小石頭沒倒！）

唐寶牛、梁阿牛、唐七味、何小河這些一直擁護、愛護王小石的人，都不禁爲他發出了歡呼！

◇◇◇

葉神油乍見王小石，真個嚇了一跳。

嚇了非同小可一大跳。

◇◇◇

他本來曾思前想後，不要來討這個便宜的。

可是他又知道：這一路跟蹤下來，若以真才實力擊殺王小石，只怕是不大可能的事，若不趁著這「大四喜」終於請動了「下三濫」高手用迷香發作時出手撿便宜，恐怕自己就難以返京對恩相作出交代。

他也是成名人物。

他還十分自許。

自負。

要他做這種事也委實有點情以何堪。

但他終於還是緊隨「大四喜」那四名敗類之後，潛入了客棧。

他美其名爲：「不忍心讓這四人送命」——彷彿，有了這個理由，他便可以放心放手去爲所欲爲了。

這叫「自欺欺人」。

——就算欺不了人，至少，也可以騙騙自己好過一點吧！

他就是這種心思，所以一見王小石，特別震動。

因爲太過震驚，所以反而使他問得出口：「你、你沒給迷倒!?」

問了之後，他才醒覺這一問是多餘的。

他現在已沒有退路了。

他只有進。

只有攻。

——他已騎在虎背上了。

所以他大喝一聲。

「打！」

一拳就擊了出去。

◇◇◇

這一拳，勢若霹靂雷霆，不僅擊出他的精力，也擊出他的一切氣慨能量！

王小石憂鬱地笑著。

他出掌。

他的掌輕飄飄的，卻接住了這勢若奔雷之一擊！

◇◇◇

這一擊，王小石沒有倒，反而是葉神油的身形晃了一晃。

神油爺爺的眼色卻亮了。

他再接再厲，狂吼一聲，又發出了一擊。

王小石無所謂（無所謂生，無所謂死，無所謂勝，無所謂負）地又接了他一拳。

以拳。

硬接。

硬碰硬。

惡鬥惡。

——在這黑暗中，是否也在勁拚勁、黑吃黑？

◇◇◇

「格」的一聲悶響，不驚天動地，甚至也不驚人。

王小石沒有動。

卻是葉神油退了一步。

神油爺爺卻驚喜獰笑道：

「王小石，你不行，你完了。」

王小石悲傷的道：

「你說的對。」

眾人正是不解，葉神油又發出了第三拳，這一拳，不僅激起了他的氣和力，也祭起了他的聲和勢，他生命裡的一切窮兇極惡。

王小石竟然沒有出聲。

沒有招架。

也沒閃躲。

因爲他知道他自己已躲不了。

接不下。

他已受傷。

受了重傷。

——而他最重的傷遠負於跟葉雲滅動手之前。

◇◇◇

本來，以王小石的機警，甚至是溫柔在「老字號」溫家的浸淫，「桃花香」說不定還迷不倒他們。

可是，郝陰功、吳開心、白高興、泰感動四人施放「人面桃花」迷香時，卻正是小石、溫柔傷心失意之際。

王小石沒有防備。

他也不像唐寶牛——失眠已成了他夜裡的習性。

所以他把迷香全部吸進去了。

他能振起乃因他功力畢竟高深，終於聽到了打鬥交戰之聲，他不忍戰友苦戰無援，故而勉力支撐，去抵擋勢若勁弩疾箭的葉神油！

此時他功力大減，剩下的不到三分之一，而他偏又心傷（喪）若死，心無鬥志。

他接下葉神油的第一擊已受傷。

再接第二擊已負嚴重內傷。

他再也接不下第三擊。

◇◇◇

葉神油正在這時候已十足信心，信心十足的擊出了他的第三拳！

「轟」地一聲，這一拳打在房門樑上，只一拳，房間就塌了，整個塌下去了，連同房內一切床椅桌櫃，全都坍了，萎然倒了下去。

只那麼一拳，就毀了一間房子。

但王小石卻沒有死。

葉神油那一拳沒有擊向他。

◇◇◇

葉神油臨時改變了那一拳的方向。

——不爲什麼，也許只爲他日後良心上好過一點。

因爲他跟王小石拚了第一拳之後，就又驚又喜的瞭解了一個真相：

王小石是著了迷藥！

他未復原，且功力大減。

——此時殺他，正是良機！

——千載難逢的良機！

可是，若在此時趁人之危，又似乎有點對不起自己的良知。

所以，他的第三拳，便故意打歪了一點。

這一記打空，彷彿對自己的良心，好像就好過了一點。

好過了一點點。

可是人還是得要殺的。

時機仍是不可錯過的。

——誰教此人當日在蔡府時沒把自己瞧在眼裡！

◇◇◇

他讓了一拳，然後獰惡的說：「下一拳，我決不打空。」

王小石臉帶微笑，好像在坦然受死，淡淡的說：「你的拳，是好拳。」

葉神油聽得心中一動。

一痛。

——自己若在年輕時，光是衝著這句話，也該饒了眼前這年輕人。

可是不行。

他年紀已大了。

他讓不起。

但他也改變了主意。

他仍是擊出了第四拳。

——但不是向王小石的頭，而是向他的左肩。

他一面喝道：

「好，我只廢你一雙手，也好向相爺交代了。」

他只要把王小石雙臂骨頭全都打碎，那就算留著王小石一條命，也無關宏旨了。

——想來，相爺也不會介意讓一個廢了一雙手的王小石仍留著一條命活受罪吧？

葉神油已覺得自己很仁慈了。

就在這時，就在此際，在外邊大風大雨中，一人長身而入。

這人白衣、白袍、光著頭，手上拿著根鑌鐵禪杖。

這人一入客棧，背後正好有一聲霹靂，一道電光乍亮。

他不但帶入了風雨雷電，也襲入了一種撲鼻醒神的清香，令人神智爲之一醒，取代了過豔過濃的桃香。

只是那人一入店門，猛抬頭，朝上叱問了一句：

「葉好!?」

葉神油全身一震！

拳勢陡然中止。

——誰知道我的原名!?

他從二樓往下看，只見一清秀的白衣僧人，就立於客店中庭，他一句吼了回去：

「你是誰!?」

那人平平地飄身而上。

像一張紙。

似一朵雲。

持棍木的郝陰功見狀，連忙長棍迎頭力砸下去！

那大師半空中只把禪杖一橫。

「啪」的一聲，打他的棍子反而節節碎裂，呼嘯飛插入客店四處。

那人已落到葉神油身前。

神油爺爺一震，又一道閃電，照亮眼前白袂盡濕的白衣人，他啞聲道：

「三枯大師!?」

那白衣僧人合什：

「阿彌陀佛，我來晚了。」

◇◇◇◇◇

他確是三枯（姑）大師。

他來晚了是因爲他雖以己身佛香能驅迷香邪毒，但他一旦警覺後卻先行持杖到店外去，連擊退三批伺機要撿便宜的敵人，然後乍見王小石的房間坍塌了，便急回援客店，是以他衣衫早已盡濕。

外面的確風大雨大。
風雨淒遲。

◇◇◇

葉神油大聲叱道：
「你找死!?」
三姑大師匕鬯不驚的道：
「放下吧！」
葉神油怔了一怔，吼道：
「放什麼屁!?」
三姑只揮手道：
「回去吧！」
葉神油怒吼一聲。
一吼天下響。
出拳。

拳吞萬里如虎。

三姑歎息。

出手。

一出手，他的人完全不同了。

他已不是大師，而是大魔大神，他一禪杖就刺了出去！

「霹靂」一聲。

不是行雷。

沒有閃電。

卻有電光雷鳴：三枯的杖。

屋頂給震破了一個大窟窿。

風雨盡自這大洞裡灌了進來。

——那是他一棍之勢。

以及這一杖與神油爺爺那一拳相碰擊的結果。

哀吼一聲，一招過後的葉神油已飛身彈出那屋頂大窟窿，竟朝天嘶聲喝問：

「你……你是米蒼穹的——!?」

三枯的語音也銳似急電劃破陰分陽曉：

「我是！」

葉神油登時睚眥欲裂，披頭散髮，自屋頂上，風雨中，發出如狼如魈的淒嘷，然後在風雨中飄搖不定的消失了蹤影。

三姑低吁了一口氣。

他白生生的手指因握得太緊，已滲出鮮血來。

他望向王小石。

王小石向他微微一笑。

這時，又有一人趕入客店裡來，一來就大驚小怪的嚷道：

「哎呀，怎麼搞的，把我的店子弄成這樣子……」

隨即，他也看清了情況，歉意的道：「看來，我又來遲了……」

他當然就是這兒的客店主人：
溫六遲。
——看來，他又該多加上一「遲」了。

三　桃花依舊笑春風

風雨淒遲竟宵。

但第二天風清氣爽日麗。

◇◇◇

然而王小石卻沒有好心情。

◇◇◇

他負傷雖重，但傷得更重的還是他的心。

因爲「秋月閣」內，已不見溫柔蹤影，只有一朵朵桃花嬌豔般的血跡，灑印在床鋪上。

溫柔不見了。

——不見溫柔。

他們把客店翻天覆地的找遍了，也同時在修補、整理客棧裡昨天一夜的破壞凌亂，可是，這客店的破損仍能補救，不見了的人呢？

不見的人已不見。

就連「秋菊築」裡的章璇，也一樣影蹤全無了。

——這是怎麼一回事呢？

她們是各自遭逢了意外？還是一道出事？

問誰，誰也不知。

◇◇◇

王小石下決心一定要找到她們。他要找到溫柔，向她解釋咋晚的誤會。

他要尋回章璇，報答她的恩義。

——可是她們卻在哪裡呢？

天涯海角，人在何方？

春風徐來，王小石見不著溫柔，很想見見昨晚他們所刻的字。

但更驚人的是：

那桃花樹，也不在了。

祂是逃了，還是給人連根拔起了？昨夜風中雨裡，這兒到底發生了什麼事？

只剩下一地落花，彷彿經一夜風雨，還了魂，更俏，更豔，更銷魂，在地上翩翩吹起，與春風對笑她的未死英魂。

未滅。

花在。

可是人呢？

王小石的心又抽搐著。

桃花不在，溫柔已去，剩下的，只是他手裡那把小小的溫柔的刀。

◇◇◇

唐寶牛和方恨少這時卻悄悄過來告訴他：

——經昨夜一場苦戰和「人面桃花」的迷香所催，梁阿牛和何小河在八龍寺所著方小侯爺的陰招似又發作了。

十分痛苦。

王小石微微一震，方恨少就說：「小石頭，你要振作啊，你非但要在這逃亡陣裡主持大局，聽說京城裡張炭和無夢女還出了事，還需要你的回援救助。」

王小石無奈也無力的笑道：「我能嗎？大方，我卻連溫柔也保護不了，我的溫柔不見了，心愛的人和恩人也不見了。」

只聽一個聲音堅定的道：「王三哥，不要這樣子，你是我們的老大，我們永遠支持你。她是你的溫柔，以前是，以後也是，永遠都是。一個人是做不了什麼大事的，但你有我們。你是我們的英雄。你總會找到你的溫柔的。」

說話的是那個在昨夜以前還心如槁灰的唐寶牛。

真正完稿於一九九四年六月廿四日凌晨三點零三分，此書分別寫於香港、大馬、深圳、廣州、北京等地，完成於偕同義妹方迷、契妹何包蛋、義弟葉浩、義子俊能二赴京華遊行旅中。時年四十。人生至此，除愛情重傷外，足無憾矣。人生到處知何似，恰似驚鴻踏雪泥。

校訂於九四年五月廿五至六月廿六日「會京師」之行，分別會晤京城各路英雄好友俊彥，巧遇多批讀者知音新交，遍住京華飯店賓館，每天遊山玩水，仍數稿並住無誤，讀習不懈。每日在神州各地皆有自己作品新形貌、各種形式之發現，一樂也；病後成稿得意甚。誰信京華城裡客，獨來絕塞看月明。

修訂於一九九四年時一月廿六至卅日：約孫青霞聚於圳，吃大碗麵／LOWIOS娟／怡信有情有義／眼鏡店遇讀者／136LB／接見展超、毛念禮、詹通通／與沈通電，一切OK／與陳、黑光上人、余樂樂歡敘／浙江文藝約寫書／與羅維重又聯繫上，他有意著手辦「溫瑞安武俠小說研究會」／扳正起居作息時序／中華版權公司約出版事／各路弟妹欲赴圳賀我牛一／琁來做嘢／各家評我作品始拜閱，受鼓舞／沈鐵造勢，難能可貴

本書完

風雲精選武俠經典　編為經典版古龍精品集

永遠的經典——古龍

古龍的作品，以獨闢蹊徑的文字，寫石破天驚的故事
他與金庸、梁羽生被公認為當代武俠作家的三巨擘
為現代武俠小說重量級作家，將武俠文學推上了一個新的高峰

書目　25K 平裝　每冊定價240元

01. 多情劍客無情劍（全三冊）
02. 三少爺的劍（全二冊）
03. 絕代雙驕（全五冊）
04. 流星・蝴蝶・劍（全二冊）
05. 白玉老虎（全三冊）
06. 武林外史（全五冊）
07. 名劍風流（全四冊）
08. 陸小鳳傳奇（全六冊）
09. 楚留香新傳（全六冊）
10. 七種武器（全四冊）〔附《拳頭》〕
11. 邊城浪子（全三冊）
12. 天涯・明月・刀（全二冊）
〔附《飛刀・又見飛刀》〕
13. 蕭十一郎（全二冊）
〔附《劍・花・煙雨江南》〕
14. 火併蕭十一郎（全二冊）
15. 劍毒梅香（全三冊）
〔附新出土的《神君別傳》〕
16. 歡樂英雄（全三冊）
17. 大人物（全二冊）
18. 彩環曲（全一冊）
19. 九月鷹飛（全三冊）
20. 圓月彎刀（全三冊）
21. 大地飛鷹（全三冊）
22. 風鈴中的刀聲（全二冊）
23. 英雄無淚（全一冊）
24. 護花鈴（全三冊）
25. 絕不低頭（全一冊）
26. 碧血洗銀槍（全一冊）
27. 七星龍王（全一冊）
28. 血鸚鵡（全二冊）
29. 吸血蛾（全二冊）

古龍八十週年紀念版

古龍80週年限量紀念
刷金書衣收藏版

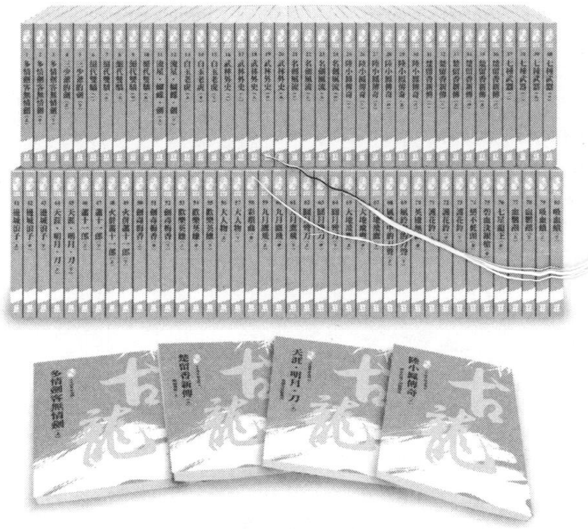

華人世界最知名的武俠作家之一 才氣縱橫的一代武俠宗師古龍
醞釀超越一甲子的武俠韻味　古龍八十週年回味大師靈氣

名家**龔鵬程**、**南方朔**、**陳墨**、**覃賢茂**、**林保淳**、**葉洪生** **專文導讀**
著名學者**林保淳**、古龍長子**鄭小龍**、文學評論家**陳曉林** **誠心推薦**

憑手中一枝筆享譽華人世界，作品改編影視風靡至今，古龍打動人心的根本點，在於對人性的細膩描寫。只要是人，就有人性。人性的光明面與陰暗面，細究之下都有故事。而武俠小說最強調的就是一種「有所不為，有所必為」的精神，一種奮戰到底，永不妥協的精神。這正是現今社會最易遺忘的。古龍八十週年，懷念古龍，也懷念那個時代的武林。

【武俠經典新版】說英雄·誰是英雄系列

朝天一棍（四）

作者：溫瑞安
發行人：陳曉林
出版所：風雲時代出版股份有限公司
地址：10576台北市民生東路五段178號7樓之3
電話：(02) 2756-0949
傳真：(02) 2765-3799
執行主編：劉宇青
美術設計：許惠芳
行銷企劃：林安莉
業務總監：張瑋鳳

初版日期：2022年1月新版一刷
版權授權：溫瑞安
ISBN：978-626-7025-26-0
風雲書網：http://www.eastbooks.com.tw
官方部落格：http://eastbooks.pixnet.net/blog
Facebook：http://www.facebook.com/h7560949
E-mail：h7560949@ms15.hinet.net
劃撥帳號：12043291
戶名：風雲時代出版股份有限公司
風雲發行所：33373桃園市龜山區公西村2鄰復興街304巷96號
電話：(03) 318-1378
傳真：(03) 318-1378
法律顧問：永然法律事務所 李永然律師
　　　　　北辰著作權事務所 蕭雄淋律師
行政院新聞局局版台業字第3595號 營利事業統一編號22759935
©2022 by Storm & Stress Publishing Co.Printed in Taiwan
◎ 如有缺頁或裝訂錯誤，請退回本社更換

定價：290元　版權所有　翻印必究

國家圖書館出版品預行編目資料

朝天一棍（四）／溫瑞安 著. -- 臺北市：風雲時代，
2021.12- 冊；公分 (說英雄.誰是英雄系列)
武俠經典新版

ISBN 978-626-7025-26-0（第4冊：平裝）

1.武俠小說

857.9　　110018324